魔法玩偶

〔日〕江户川乱步　著

叶荣鼎　译

山东画报出版社

译者序

　　红极一时的日本动漫《名侦探柯南》的作者漫画家青山刚昌，孩提时代曾是江户川乱步的超级追星族，他笔下的主人公江户川柯南的姓就取自日本推理文学鼻祖江户川乱步，名则取自英国的柯南·道尔。

　　日本作家历来都有用笔名的传统，江户川乱步本名平井太郎，早年就读于早稻田大学经济学专业，江户川就在早稻田大学旁边。巧合的是，"江户川"的日式英语发音"edogawa（爱多嘎娃）"，与"Edgar a-（埃德加·爱）"的发音极其相似；

"乱步"的日式英语发音"ranpo（兰波）"，与"llan Poe（伦·坡）"的发音又十分相近，故而决定以"江户川乱步"为笔名。从此，这个名字陪他度过了四十年推理文学创作生涯，也成为日本推理文学史上不可逾越的高峰。

1923年，乱步在《新青年》杂志上发表处女作《二钱铜币》，引发轰动。当时的编者按这样写道："我们经常这样说，《新青年》杂志上总有一天将刊登本国作者创作的侦探小说，并且远远高于欧美侦探小说的创作水平。今天，我们终于盼来了这一兴奋时刻。《二钱铜币》果然不负众望，博采外国作品之长，水平遥遥领先于外国名作。我们深信，广大读者看了这篇小说后一定会深以为然，拍案叫绝。作者是谁？是首位登上日本侦探文坛的江户川乱步。"

1925年，乱步发表小说《D坂杀人事件》，成功塑造了日本推理文学史上的第一位名侦探——明智小五郎。其后，他又陆续创作了《怪盗二十面相》《少年侦探团》等脍炙人口的作品，其中的"怪盗二十面相""少年侦探团"等角色已经突破了类型文学的束缚，成为世界文学史上的典型形象，先后多次被搬上各种舞台，改编成各种各样的影视、动漫作品。

第二次世界大战爆发后，江户川乱步因作品被禁止出版，投笔抗议，公开发表《作者的话》："我撰写的小说主要是把侦探、推理、探险、幻想和魔术结合在一起，让读者富有想象力和创造力。人类必须怀有伟大的梦想，经过不断的努力，才会创造出伟大的时代。没有梦想，没有幻想，就没有科学。历史已经证明，科学的进步多取决于天才的幻想和不懈努力。科学进步了，人民才会过上好日子。可是今天的战争，毁掉了科学，毁掉了人民的梦想，日本人民将会被一个不剩地当作炮灰，却还是避免不了失败的结局。"

1947年，日本侦探作家俱乐部成立，乱步被推举为主席。俱乐部在1963年改组为日本推理作家协会，至今仍是日本最权威的推理作家机构。1954年，乱步在六十大寿之际，个人出资100万日元，设立"江户川乱步奖"，用以激励年轻作家。在之后的半个多世纪里，以东野圭吾为代表的一大批优秀的日本推理文学作家通过这个奖项脱颖而出，他们的成绩也使得"江户川乱步奖"成为日本推理文坛最权威的大奖。

1961年，为表彰乱步在推理文学界的杰出贡献，日本政府为其颁发"紫绶褒勋章"（授予学术、艺术、运动领域中贡献卓著的人）。1965年，乱步突发脑出血去世，获赠正五位勋三等瑞宝章。为纪念乱步，名张市建有"江户川乱步纪念碑"与"江户川乱步纪念馆"，丰岛区设有"江户川乱步文学馆"，供日本与世界的爱好者与学者瞻仰和研究。

《江户川乱步全集》作为乱步作品之集大成者，先后出版了多个版本，加印数十次，总印数超过一亿册，迄今已有英、法、德、俄、中五大语种版本问世。衷心希望诸位读者能够通过这一版的中文译本，回望日本推理文学的滥觞，领略一代文学大家的风采。

是为序。

2021年元旦于上海虹桥东华美寓所

目　录

会说话的玩偶

　　宫本绿是小学六年级学生，甲野留美是小学五年级学生。两人是好朋友，每天一起上学放学。

　　有一天，她们俩放学回家，一路上手拉着手，有说有笑地来到赤坂见附的一家公园里。公园不大，就在她俩回家的路上。茂密的树林把三分之二的草坪和三分之一的沙土广场隔成了两个游乐天地。沙土广场上有秋千、滑梯。草坪周围有凉亭，里面有供游客休闲坐的长凳。

　　秋千和滑梯那儿平时总是围满了孩子，可今天不知什么原因，冷冷清清，没有一个人影。草坪上也是空空荡荡，死气沉沉。

"今天怎么这么安静，一个人都没有？"宫本歪着脑袋，困惑不已。她是一个性格开朗的女孩子，身材高挑。

"是啊，你瞧，那儿好像有两个人。一个老爷爷，还有一个小孩……"甲野指着公园一处角落说。她比宫本稍矮一点，一张娃娃脸，还有一对小酒窝，长得十分可爱。

"果然有两个人坐在那儿，坐在角落里还真不容易被人发现呢。那老爷爷胡子长得又白又长，还真有点像圣诞老人。"

老人看起来很慈祥，和蔼可亲。她俩说着就朝老人那边走了过去。

老人坐在大树下的长凳上，一身灰色西装，头上戴一顶小鸭舌帽，鸭舌帽下是一头白发，他大概确实很老了，就连眉毛和胡子也是白的。

老人腿上坐着一个大概五六岁的漂亮男孩。男孩身穿蓝底红格西装，头发乌黑，小脸蛋像一个红苹果，一对机灵活泼的大眼睛炯炯有神。

白发老人看见两个小女孩手拉着手朝他这里走来，满脸笑容，那双又长又细的眼睛里闪烁着慈祥的目光。

　　"瞧，来了两个可爱的小姐姐。孩子，快站起来跟两个姐姐打个招呼，交个朋友。"白发老人对坐在他腿上的男孩说。

　　于是，那男孩的两颗黑色眸子滴溜溜地转了起来，两片红红的嘴唇时而张开时而闭上，高兴地说起话来，声音十分清脆："嗯，我喜欢这个姐姐。"

　　一个稚气未脱的孩子，眼睛和嘴巴怎么长得那么大？嘴巴一张一闭的时候，嘴角似乎一直延伸到两边耳根，总感觉怪怪的。

　　"你说你喜欢这个姐姐，是她吗？"白发老人指着甲野问男孩。

　　"嗯，是她。"

　　"哈哈哈……这孩子说喜欢你这个姐姐。请问你叫什么名字？"老人笑着问。

　　甲野一听说有人喜欢自己，脸一下子涨红了："我叫甲野留美。"

"甲野留美，这名字真好听。小妹妹，我叫黑泽，家住青山。孩子，这姐姐叫甲野留美，别忘了哟。"

"我要和甲野留美握握手。"男孩张开大嘴巴说。

"哈哈哈……甲野，这孩子说想和你握握手。"

老人话音未落，男孩已经伸出小手。甲野高兴极了，也越发喜欢这个可爱的弟弟了。她也伸出手，与他的手紧紧握在一起。

奇怪，他的手坚硬冰凉，而且好像不能使劲儿。无论甲野怎么紧握，男孩的手就是握不起来。甲野不由得吓了一跳，抽回手，身子直往后缩。

她睁大眼睛，用怀疑的目光紧盯着男孩的脸。

这时候，老人笑道："哈哈哈……你总算发现了，这孩子是玩偶，名字叫杰克。它可是我的宝贝哟。"

"明白了，刚才玩偶说的那些话，其实是老爷爷用腹语术说的吧。"宫本在一旁插嘴。她说得一点不错。

宫本之前曾在一次魔术表演中亲眼看过腹语术

表演。当时的那个玩偶一身黑衣，它一上场，观众就能辨别出它是玩偶。但眼前坐在老人腿上的玩偶，跟真正的小男孩一模一样，只有握上它的手才能察觉异样。看它栩栩如生的模样，怎么看都像被注入了生命。

"是的，这可不是一般的腹语术玩偶，它可是我亲手制作的。怎么样？很难分辨吧？你这姑娘真是好眼力。你叫什么名字呀？"

"我叫宫本绿。老爷爷，这玩偶是您做的吗？"

"是的，我是玩偶工艺师，制作玩偶是我的拿手活。至于腹语术嘛，我也只懂一点皮毛。你俩觉得怎么样？还不错吧？"

"是的，是的。我还真以为是它在说话呢。"

"瞧，我的右手从玩偶衣服下摆伸到背脊上，用手指按动背脊上的机关，玩偶的眼睛就会转动，嘴巴就会一张一闭。瞧，小弟弟又说话啦……"

老人话音刚落，玩偶的眼睛开始转动，鲜红的嘴唇上下开合："甲野姐姐，跟我一块儿玩游戏好吗？我非常喜欢甲野姐姐。宫本姐姐嘛，我不怎么喜欢。现在，我要对甲野姐姐说话，请听好了。我爷爷是一个闻名遐迩的玩偶工艺大师，东京没有人不知道他。爷爷家里有许多玩偶，有男有女，还有我这样的儿童。此外也有动物，例如熊、猴子、狗、猫等。"

玩偶说这些话时，充满了感情，水汪汪的大眼睛一眨一眨，眼珠跟着转来转去，真是可爱极了。

甲野看着那天真的脸蛋，尽管心里清楚它是没有生命的玩偶，但还是极其喜欢这个玩偶小弟弟。再者，一听说老人是制作玩偶的大名人，她也开始喜欢起满头银发、慈祥和蔼的老人来，很想去老人家里看更多的玩偶。

"老爷爷，您家里有漂亮的少女玩偶吗？"

"当然，身穿长袖和服，腰系锦缎腰带，神采奕奕，婀娜多姿，像天上的仙女一样。少女玩偶还会唱歌，歌声特别甜美动听。"

"什么？会唱歌？少女玩偶还会唱歌？"

"是的。我爷爷是一个大名人，会制作机械发条玩偶。玩偶依靠机械发条的动力，不仅会唱歌说话，还会走路。爷爷制作的玩偶都好像有生命一样。你看，我不也是活的吗？"

强烈的好奇心涌上甲野心头，恨不得立即到老人家里大饱眼福。

宫本见甲野"鬼迷心窍"，急忙使劲儿拽住她的手，将她拉到距离老人较远的地方，凑在甲野耳边说："这玩偶又会说话又会走路，我总觉得不太对劲儿，我看咱们还是快回家吧。"

可甲野对宫本的这些话一点儿也听不进去，她已经对老人佩服得五体投地。再者，玩偶小弟弟说它只喜欢自己，得意扬扬的甲野觉得可能是因为它不喜欢宫本，所以宫本才会说老人和玩偶小弟弟的坏话。

"我还想听玩偶小弟弟说话。宫本，要不，你就先回家吧。"

甲野说完，挣开宫本的手，回到老人面前。

宫本无可奈何，又等了一会儿，希望甲野能回心转意，但甲野一直没有要走的意思。于是，宫本又上前拉住甲野的手，苦口婆心地劝她回家。甲野终于不耐烦了，两个好朋友之间闹起了矛盾。

　　"那好，我先回家。"宫本说完，气冲冲地朝公园外面走去。

行动自如的玩偶

宫本走后，甲野跟在老人身后，走出了公园。

"我家就在附近。公园大门外有一辆汽车，我们坐车几分钟就能到我家。吃晚饭之前，我一定送你回家。"老人和蔼地对甲野说。

只要稍加思考，就能发现其中的古怪。而且就算老人和蔼可亲，怎么能就这么跟着初次相识的人走呢？可甲野太想去看会唱歌又会走路的玩偶了，好奇心使她根本没想那么多。

老人抱着玩偶小弟弟在前面走，甲野背着书包跟在后面。

公园大门口停着一辆豪华轿车，老人走到车前，司机赶紧下车，彬彬有礼地为老人打开后车门。玩偶小弟弟坐在中间，左右两边是老人和甲野。

轿车驶离公园门口，沿着街道一连转了好几个弯，又开了好一会儿，来到了甲野完全陌生的街区。

不知道为什么，甲野忽然胆怯起来："爷爷，您家很远吗？"

"不远，马上就到了。"

一路上，一老一少这样的对话重复了好多遍，但是轿车仍在向前奔驰，还没有到达目的地。

老人刚才在公园里曾自我介绍说他叫黑泽，家住青山。可是那家公园就在赤坂见附，从公园到青山不可能有这么远。从上车到现在，已经行驶了大约二十分钟，甲野应该有所怀疑，应该记得老人自我介绍时说过的话。

又过了十来分钟，轿车终于减速停了下来。周围空旷冷清，到处是残垣断壁。一大片绿草坪中间，有一栋欧式风格的木结构洋房。

"好了，这就是我的家。"

老人下车后，右手抱起玩偶小弟弟，左手牵着甲野的手，踏着青草地朝那栋旧洋房走去。

"甲野，这玩偶小弟弟真的会走路。不信，我放下来让它自己走。你瞧，怎么样？"

说着，他把玩偶轻轻放在地上。玩偶小弟弟稳稳地站在草坪上，然后依靠机械发条的动力走起来，不过姿势有点怪怪的。

"甲野，快跟我来，这里。"

玩偶小弟弟一边走，一边对甲野说，简直像它自己在说话。当然，这是老人的腹语术。

老人从口袋里掏出钥匙打开玄关大门，带着甲野和玩偶小弟弟一起朝屋里走去。

"砰"的一声，大门在身后关上了，甲野突然感到一股冰凉阴沉的气息朝她袭来，莫名的恐怖笼罩在她周围。她后悔起来，如果刚才和宫本一起回家该多好。

"爷爷，我已经没有兴趣再看玩偶了。我想回家。爷爷，快送我回家。"

老人慈祥地对她笑了笑："你说什么呀？马上

就可以让你大饱眼福，观赏那些有趣的玩偶了。小妹妹，别再说打退堂鼓的话，快跟我到这边来。"

说完，老人用力拽住甲野的手，沿着昏暗的走廊大步朝前走去。现在已经是傍晚时分，屋子里笼罩着一种阴暗诡谲的气氛。

老人推开走廊左边的房门，朝房间里走去。房间里没有点灯，也没有一丝光线。后来甲野才知道，这个房间里的所有窗户都被蒙上了黑色绒布窗帘。

"你稍等片刻，我去把蜡烛点亮。"

老人说完，从口袋里取出火柴点亮桌上的蜡烛。典雅的传统烛台上，竖立着三根红蜡烛。红艳艳的烛光，照得房间朦朦胧胧的。

甲野借助微弱的烛光环视整个房间，"啊"地大叫一声，全身毛骨悚然，直往老人身后躲。原来，这个宽敞的房间里站满了人，有穿西装的，也有穿和服的，还有一些光着上身。

甲野大吃一惊：房间里怎么住着这么多人？哦，明白了，它们都是玩偶，有的看着这里，有的望着那里，可脚步都没有移动，一直站在原地。不过，这些玩偶形神兼备，几乎跟真人一模一样。

玩偶们安静地待在那里，没有一点儿声音，只是越没有声音，越让人觉得害怕。看着看着，甲野不由得胆战心惊。

"对了，甲野不是想看长袖和服的少女吗？好，我现在就喊她来。"

老人说完，走到桌子旁边，按下了一个按钮，房间对面角落的门"吱"地一声轻轻开了，一个十七八岁的美少女走了进来。只见她头上是日本传统的岛田髻，身穿长袖宽松的和服，腰系闪闪发光的锦缎腰带，走起路来没有一点儿响声。这样的美人甲野还是第一次看到，一时间看得目瞪口呆。

美少女的两只脚轻轻擦着地板，袅袅地朝甲野走来。她的容貌越来越清晰，丝绸和服及锦缎腰带在烛光的映照下分外鲜艳夺目。

"欢迎你，小妹妹。真是太可爱了。你是从哪里来的？"少女玩偶张开樱桃小嘴，露出洁白而又整齐的牙齿，黑眼睛与长睫毛眨呀眨的。

"我来介绍一下，这位是甲野留美，是我在

公园里新结识的。她说想见见你，我就把她带来了。"老人答道。

"哦，是这么回事啊。那么留美，我们现在是好朋友了。"

少女玩偶说话的声音十分美妙，婉转动听，这样的声音怎么会是眼前的老人发出的呢？

"哈哈哈……吃惊了吧。怎么样？这可是我精心制作的玩偶哟。留美不想跟这么漂亮的姐姐在一起玩吗？或者，留美可能更希望自己也变成这样吧？我可以把活人制成玩偶哟……"

一听到这里，甲野全身上下不由自主地颤抖起来，小脸苍白得没有一点儿血色。

落入魔掌

"我可不想变成玩偶。"甲野连忙打断老人的话，颤抖着说。

"也许你很快就要变成少女玩偶了，现在最好跟玩偶姐姐一起玩吧。红子，把留美领到你的房间去。"

少女玩偶的名字叫红子。

于是，红子按照老人的吩咐，牵着甲野的手回到自己房间。

房间布置得十分整洁，有梳妆台、大衣橱、玩偶玻璃橱和其他装饰摆件。窗上挂着黑色绒布窗帘，桌上的烛台上摇曳着微弱的烛光。

红子请甲野坐到榻榻米上，自己则坐在甲野的身边，亲切地看着甲野。

"姐姐真是玩偶吗？肯定不是吧，姐姐肯定是活生生的人。"

甲野一开始就半信半疑，所以一坐到榻榻米上就赶紧追问。

"就像你说的那样，我确实是活生生的人。可我现在的身体，有一半已经变成了玩偶，只有一半还是活的，而且这一半也在渐渐变成玩偶，我很快就会彻底变成一个玩偶了。"

红子的一席话让甲野瞠目结舌。

"嘻嘻嘻……可能我说的不太容易理解，但这是千真万确的事，绝不是骗你的。现在老爷爷不在这房间里，你应该明白我现在的声音不是什么腹语术。还有，我走路和转动身体都不是依靠机械发条的动力，而是我自身的力量。"

"照这么说，姐姐是活人。那姐姐为什么又说自己一半是死的呢？"

"那好，为了使留美彻底明白，我就说一下自己是怎么变成现在这样的吧。"

"嗯嗯。"

甲野的眼睛里闪烁着异样的光，直直地盯着红子漂亮的脸蛋。

"这个老爷爷，我早就听说了。可是我来到这里，也只不过是两个星期前的事情。要问我为什么到这里来，事情经过是这样的。记得有一天，老爷爷站在我面前端详着我的脸对我说：'红子，你现在的容貌和身姿是一生中最美丽的。'当时，我自己也是这样想的。老爷爷的话与一直憋在我心头的想法不谋而合。我顿时心血来潮，自言自语起来：'真希望自己的年龄不再增长，最好永远定格在现在的这个年龄。'不料，老爷爷听了我的话，奇怪地笑着说：'那太好了。我有永葆青春的秘方，你想试试吗？'我就问他要怎么做。老爷爷说：'你只要来我家，我就有办法让你永远保持现在的年龄，因为我擅长魔法。'当时，我一心想着必须永远保持美丽，也不在乎什么魔法不魔法的。就这样，我被他的花言巧语迷惑，变成了现在这个模样。"

红子的这番介绍让甲野越听越糊涂，到底是什么魔法，人怎么会变成玩偶？

"老爷爷是个像魔法师一样的发明家，发明了一种奇怪的药物。一旦被注入这种药物，就会全身僵硬，最后变成玩偶。留美，你明白了吗？我就是被注入了那种药物，才变成了现在这个样子。不信的话，你来摸摸看。"

说完，红子伸出两只手。甲野摸了一下，又滑又硬，冷冰冰的，与那种上光后的玩偶完全一样。甲野收回手，害怕得哭了起来。

"现在，你再摸一下这里。"

红子把美丽的脸庞凑到甲野面前，甲野伸手摸了一下，又冷又硬又滑，绝不是活人的脸。

"明白了吧，只要被注入了那种药物，就会像我这样，一点点变得僵硬，最后变得既不能呼吸，也不能说话，彻底变成玩偶。值得庆幸的是，我的年轻，我的容貌，会被永远保存下来。人嘛，总有一天是要死的。我也不想活得太老，变成满脸皱纹的老太婆。即便现在成了玩偶，我想，只要能保持年轻，也就心满意足了。留美，你年纪还小，多半是不会明白我的心情的。"

甲野瞪大眼睛凝视着红子的脸，稀里糊涂地听完这番话，并不完全明白，却感到了深入骨髓的恐惧。

甲野还以为自己在做噩梦，整个胸腔像被灌满了冰冷的寒风，眼眶里噙满了泪花。

就在这个时候，背后传来一阵脚步声。甲野一回头，原来是那老人不知何时已来到她身后，满脸诡异的笑容。

"留美，你不想变成红子姐姐那样吗？你要是变成玩偶，肯定非常可爱。"

"不要，我不要变成玩偶！"甲野大叫着朝门口跑去。

"喂，你要去哪里？你逃不掉的，还是放老实点好。我可以马上让你变成一个非常活泼可爱的少女玩偶。"

老人一把抓住甲野，弯下腰凑到甲野的耳旁说着。

甲野变成玩偶

　　甲野家，由于留美彻夜未归，正乱作一团。

　　留美的爸爸甲野光雄是一家大公司的高层干部，是个大富翁，留美是他的独生女。甲野夫妇整夜未眠，虽然着急却不知如何是好。

　　他们给留美就读的学校和她的同学家里挨个打电话询问，甲野先生还派秘书和用人四处打听留美的下落，最终找到了宫本绿。据宫本说，留美执意与一个白发老人聊天，可能被老人带到他家里去了。宫本还说，那个白发老人擅长制作玩偶，说他自己住在青山，名字叫黑泽。

甲野先生得知这一消息后，火速向警方报告。警方很快组织力量，前往青山地区查找叫黑泽的玩偶艺人，结果什么也没有打听到。

那个白发老人说的住址和名字，完全是胡编乱造的。警方无可奈何，只得组织警力在公园周围排查。但时间一天天过去，却没有发现任何线索，老人和留美仍然行踪不明。

甲野夫妇心急如焚。甲野先生向公司请了长假，还在各大报纸上刊登了"寻人启事"。他每天都要去警署询问调查情况。甲野夫人则每天清早出门，去神社参拜祈祷，祈求菩萨保佑女儿早日平安回家。

留美失踪后的第十天下午，甲野家收到一个特大包裹，不是邮递员送来的，而是货物搬运公司用卡车送来的。包裹上没有邮寄人的姓名和住址，收件人是甲野光雄，姓名和住址一字不差。

女佣打开一层层的外包装，露出一个白色的长方形木箱，木箱盖上写着几个端端正正的毛笔字：甲野留美之棺。

女佣大惊失色，慌慌张张地跑到主人房间报告。

甲野夫妇得知此事，急忙赶到玄关。甲野先生一看到"甲野留美之棺"几个大字，不由得倒抽了一口冷气，气得全身直哆嗦。甲野夫人则号啕大哭起来。

谁也不敢打开木箱，目光呆滞地站在一旁，但这样下去也不是办法。终于，甲野先生拿来工具，准备开箱了。

箱盖上有许多铁钉，但都很容易撬开，很快，箱盖就可以打开了。可是大家战战兢兢，都害怕打开盖子后看到木箱里惨不忍睹的一幕。

甲野先生踌躇了好长一段时间，最后还是决定亲自打开箱盖。

果然，留美安详地躺在木箱里，身上穿的依然是那天上学时的衣服。

甲野夫人顿时瘫软在地，号啕大哭。

甲野先生两眼含泪，扶起妻子，目不转睛地盯着木箱里的女儿。

啊，这不像甲野的尸体。可爱的眼睛，红润的脸色，似乎还在笑。甲野先生越看越觉得不对劲儿。如果女儿遭到杀害，身体的某个部位必然有伤痕，但是现在不管怎么找，都没有一点伤痕。而且留美不可能这么轻，好像只有她体重的一半。脸、手、脚都坚硬得像石头一样，无论什么尸体也不可能变得如此僵硬。他伸手拍了拍女儿的脸，不料竟发出"咚，咚"的响声。

"啊，这是玩偶。快别哭了。不知是哪个浑蛋恶作剧，模仿女儿制作了一个玩偶，还把它装在木箱里送到这儿。"

甲野夫人一听这话，马上停止了哭泣，刚才她一时心急，根本没来得及细看，现在再仔细一看，果然是玩偶。

女佣们闻言也围上前来议论纷纷。

"原来是玩偶，可把我们吓坏了。"

"箱盖上写着那么可怕的内容，差点被吓懵了。"

"不过，这玩偶做得还真像留美小姐。瞧，多可爱啊。"

甲野先生把两只手抱在胸前，陷入了沉思。

这到底是怎么回事？为什么要制作与女儿一模一样的玩偶送到家里？这里面一定大有文章。

这时候，甲野夫人好像发现了什么："这衣服确实是留美的。瞧，这里有被钩破的痕迹。这块小补丁还是我亲手缝的呢。"

玩偶穿的是留美的衣服，为什么会这样呢？这是不是说明留美被迫脱去换下衣服，此时正关在什么地方呢？

甲野夫人如坐针毡，眼前仿佛浮现出女儿正蜷缩在阴暗潮湿的房间里的情景。一想到这里，她的眼泪又止不住扑簌簌往下掉。

躺在箱子里的玩偶难道真的是留美？难道她已经被老人制成了玩偶？

甲野夫妇把装着玩偶的箱子搬到了客房，正相顾无言，隔壁房间的电话铃响了。甲野先生马上冲到电话旁边，一把抓起听筒。只见他面如土色，额头上渗出豆大的汗珠，一脸震惊。很快，震惊转为勃然大怒："你……你到底是谁？"虽然声色俱厉，但那只握话筒的手却在不停地颤抖。

少年侦探登场

甲野先生的愤怒和紧张不无道理，因为电话那头的声音正说着非常可怕的事情。

"是甲野光雄先生吗？我是黑泽。你女儿甲野留美在我这里。要怎么做，我不说你也应该明白。想要甲野留美回家，就马上准备一千万日元的现金。你只要将准备好的现金放在书房的抽屉里，明天晚上十点我会准时登门拜领的。如果报警，甲野留美就会真的变成玩偶了。我最擅长用活人制作玩偶，你不希望在某个橱窗里看到你心爱的女儿吧？明天晚上不必费心为我留门，我自有办法出入自由。我们就这么一言为定。再说一遍，如果你不按照我说的去做，甲野留美就会变成玩偶。明白了吗？"

对方说完，甲野先生还没来得及说什么，只听"咔嚓"一声，电话被对方挂断了。

"孩子她爸，刚才的电话是谁打来的？你脸色怎么变得这么难看？"甲野夫人神色慌张，提心吊胆地问。

甲野先生把女佣支到门外，把对方在电话里说的大致意思告诉了妻子。

"出了这么大的事，报告警方是理所当然的，但那样的话，女儿被绑架一事就会立即见诸报端，到时候留美就危险了。不如私下委托一家私家侦探事务所。东京有一位叫明智小五郎的大侦探，我的一些朋友都曾因他的帮助化险为夷。我当然不会为了一千万日元让女儿冒险，如果区区一千万日元就能赎回留美，简直太便宜了。但是如果歹徒拿了钱却不放人，那可就糟了。因此，我决定拜托大侦探明智小五郎先生，希望他既能救出留美又能抓住罪犯。"

甲野先生说得不无道理，甲野夫人也表示赞同。

于是，甲野先生马上致电明智侦探事务所。

电话里传来一个少年的声音："明智先生因侦查某个要案暂时不在东京，估计四五天后返回。不知先生委托的是什么案件？时间紧吗？"

"时间非常紧迫。"

"这样吧，是否能允许我登门拜访？我叫小林芳雄，请多多关照。明智先生交代，他外出时所有案件由我承办。"

"你是小林芳雄？那好，请马上光临寒舍。"

有关小林的许多神奇的破案故事，甲野先生早就有所耳闻。他想，只要能见到小林，就能通过他与明智大侦探取得联系，具体情况在电话里与他商量也可以。总之，先见到小林后通报一下情况再说。

明智侦探事务所离甲野家很近，大约二十分钟后，小林就跟甲野夫妇坐在了会客厅的桌旁。

"歹徒在电话里说他叫黑泽，但我觉得这只是个假名。留美的同学宫本说那家伙自称黑泽，住在青山。为此，警方在青山一带展开了详细的调查，结果没有发现黑泽这个人和他的住所。"

小林思考片刻后说："那个玩偶是搬运公司送来的吧？您是否知道这家搬运公司的名字？"

"女佣中间也许有人知道。"

于是，甲野先生喊来所有的女佣。那个拆除外包装的女佣说，搬运公司没有留下送货单回执，不知道公司的名字。另一位女佣记性特别好，说：卡车两侧横板上写了搬运公司的名称，叫"木宫搬运公司"。

"这名字不多见，应该能找到。只要查一下电话登记簿就能知道。我先去查找那家搬运公司，再与明智先生在电话里商量一下。天黑之前，我要设法潜入犯罪嫌疑人家中。现在是下午两点，时间足够。不过我现在这般装束，会很容易被识破，我得马上赶回事务所化装成少女，再来跟歹徒周旋。"

小林信心十足，毫不畏惧，似乎稳操胜券，这让甲野先生略感放心，但同时又有些疑惑："你想把自己打扮成少女，男扮女装，难道不会被对方察觉吗？"

"没关系，我已经化装过很多回了，一次也没有被罪犯识破过。事务所里有专门为我准备的化妆道具。"

"那样的话我就放心了。但不管怎么说，你一定要与明智大侦探商量后才能行动。一旦事情败露，后果不堪设想。我会在明天晚上十点以前准备好一千万现金，跟留美相比，钱根本不算什么，但如果歹徒继续逍遥法外，为非作歹，还会有更多的人遭殃。因此，我由衷地希望你们不仅能救出我的女儿，还能将歹徒绳之以法。"

"明白了。我会作为与甲野先生没有任何关系的第三方调查此案的。因此，请放心吧。我不会阻止歹徒上门取钱，但会设法跟踪他，一旦确认留美的安全，就会协助警方将其抓获。"小林说到这里，起身告辞，急匆匆地赶回明智侦探事务所。

潜入玩偶屋

　　小林回到事务所，决定先调查木宫搬运公司的地址，再打电话请明智先生的成年人助手上门调查这家搬运公司。

　　为什么要请成年人助手出马呢？因为像上门调查某公司那样的差事，最好自我介绍说自己是刑警，调查就能顺利进行。如果是少年，恐怕弄巧成拙，甚至打草惊蛇。

　　果然，成年人助手身穿刑警制服，到杉并区的木宫搬运公司调查，很快就得到了委托运送木箱的人的姓名和详细地址。据说那是一个满头白发，留着山羊胡子的老人，大概六七十岁，脾气古怪，擅长制作玩偶，住在杉并区西南角，叫赤堀铁州。

小林得知这一消息后，立即与在大阪的明智通了电话。两人商量一番后，明智表示赞同小林的侦查方案，但也叮嘱他千万要小心。

于是，小林戴上假发套，化装，换衣服，摇身一变，成了一个十四五岁的亭亭玉立的可爱少女。

小林坐上出租车，朝杉并区西南角驶去。时间已近傍晚。他在距离目的地还有相当一段距离的地方下了车，又走了大约十五分钟，来到了一栋摇摇欲坠、陈旧简陋的西式洋房前。

木板墙上的蓝色油漆已经斑驳脱落，周围荒草丛生，不管从哪个角度看，都让人觉得阴气森森。就在这时，一个青年推着一辆自行车向小林走来，看起来像是送牛奶的。

化装成少女的小林等青年走到自己跟前，开口问道："打扰一下，我可以向您打听一件事吗？"

完全是少女的声音，小林还真是一个男扮女装的能手呢。

青年见一个可爱的少女跟自己打招呼，微笑着停下了脚步。

"这洋房里，是住着一位叫赤堀铁州的老人吗？"

"啊啊，是的。这附近的人，都管他叫大胡子爷爷，是一个长相可怕的老人。"

"那他现在在家吗？"

"从昨天起，他就外出不在家了。这房子里只住着他一个人，现在里面一个人也没有。那是一个怪人，经常独自外出，好几天不回家。可我还得天天给他送牛奶，取回空奶瓶。我昨天送的牛奶还在门外，真拿他没有办法。"青年唠叨个不停。

"那老爷爷是专门制作玩偶的吧？听说他还会腹语术？"

"他会不会腹语术我不太清楚，但他会制作玩偶，这我是知道的。在他的房间里，可怕的玩偶不计其数。喂，小妹妹，你也知道大胡子老人？我劝你还是别靠近那屋子，说不定会倒大霉的。"

"哎呀，我可不去那里。我只不过在同学家听说了老爷爷的一些情况，原本打算今天登门拜访。

多谢您的及时指点，我得赶快回家了。"

小林说完，转身离开。青年见状，说了声"再见"，也骑上自行车，一边回头张望，一边渐渐远去。

小林等青年消失得无影无踪之后，又返身回到洋房外。他走到大门口转动门把手，只听"咔嚓"一声，门开了。

"怎么？没有上锁？"

小林吃了一惊，悄悄朝屋子里面窥视。屋子里光线昏暗，阴森森的，似乎角落里随时都会有妖怪冲出。

小林毕竟年少，心里不由得害怕起来，待在门口犹豫了好一阵子，但一想起甲野也许就在这屋子里，便又重新鼓起了勇气。他蹑手蹑脚地进了屋，关上房门，沿着昏暗的走廊朝里走去。

还没走上十步，小林猛地停下了脚步——一个软绵绵的东西碰了一下他的脸。果然有人。

小林定睛细看，隐约可以看到一头长发，再往上好像是一张女人的脸，也就是说，这女人是倒吊在天花板上的。再仔细打量，只见这女人一身白衣，宽大的袖子同长发一样垂着，脸色苍白，嘴唇还有血迹。

小林被这突如其来的一幕吓了一跳，真想立即逃走，但突然灵机一动，再次端详起那张恐怖的脸来——原来是玩偶。原来，诡异怪屋里的天花板上，倒吊着一个幽灵玩偶。据说怪老人制作了各种各样的恐怖玩偶，这洋房里到处都是，没什么好大惊小怪的。

小林又向前走了两三步，有房间的门是敞开的，可房间里没有灯光，什么都看不清楚。好像一间工作室，墙边站着许多古怪的玩偶。小林大着胆子走了进去，逐个打量那些恐怖玩偶，不是妖怪就是幽灵。

小林又伸手逐个抚摸这些玩偶，心想也许甲野就在其中某个玩偶的躯壳里。但所有的玩偶都一样，光滑、坚硬、冰冷，根本没有人藏在里边的迹象。

玩偶们面前放着一个大木箱，好像是用来装仿古盔甲和衣帽的。看来，怪老人兴许还会制作身穿仿古盔甲的玩偶。这个箱子里完全可以藏人。

"难道甲野就在……"小林一想到这里，心就怦怦直跳。

踌躇片刻后，他双手提起箱盖，朝木箱里边窥视。木箱里漆黑一片，空无一物。小林又伸出手在里面仔细摸了一遍，还是什么也没有。

仔细检查工作室后，小林又检查了其他房间。由于面积狭小，卧室里只能放一张旧床。储藏室和厨房房门都没有上锁。他转遍了所有的房间，连甲野的人影都没见着。

"甲野……甲野，我受你爸爸的委托找你来了，如果听到我的声音，就大胆回答我。我是来救你的。"小林不知轻声呼唤了多少遍，就是没有人回答。

"看来她是被藏到别的地方去了，否则，大门是不会不上锁的。"

小林感到失望，在这个破旧的洋房里，不可能找到甲野了。然而，他又不甘心就这么离开，既然来到这里，总该有点收获吧。虽然不知道怪老人什么时候回来，但他还是决定藏在角落里弄清怪老人的真相再说。

就在这时，玄关处传来开门声，随即，走廊上的脚步声越来越近。难道怪老人回来了？

小林敏捷地跑进工作室，踮起脚尖轻轻走到大木箱边，提起箱盖，钻了进去，随后又将箱盖恢复原样，还不忘掏出随身携带的铅笔夹在箱盖与箱子之间，留出一丝缝隙，这样一来，既能通过缝隙观察外面的情况，也不至于在箱子里太过憋闷。他侧过脸，将眼睛凑在缝隙处朝外张望。走廊上的脚步声越来越近。

"电力公司的家伙真是的，才六个月没交电费，居然就断电了。不过就算没电，我不也照样生活吗？我这里有的是蜡烛，哈哈哈……"

老人的声音有点嘶哑，一声"嚓"的划火柴的声音之后，亮起了微弱的烛光。

小林瞪大眼睛，继续监视外边的动静。

果然是一个白发老人。他把蜡烛端在胸前，灯光正巧从下往上照在老人脸上，那长相可怕极了。干瘪的脸上满是皱纹，鹰钩鼻子又高又尖，一双大眼，扫帚眉，鲶鱼嘴，白色山羊胡子垂在胸前，一头乱蓬蓬的白发，身上穿的是一套黑色的旧西装。

被困箱中

突然，面目凶恶的老人不断抽着鹰钩鼻子，一个劲儿地嗅着房间里的气味。片刻后，他张开大嘴狂笑起来："奇怪，这房间里怎么有人？嗯，嗯，肯定有人。这是怎么回事？唔，还有浓浓的香水味，好像是一个小姐偷偷摸摸地溜进了我的屋子里。"

说完，他那对贼眼盯住了木箱，走到木箱跟前一连转了好几圈。

躲在木箱里的小林心慌意乱，赶紧收回视线。

"难道被他察觉了？不，他不可能知道木箱里的情况。别慌张，说不定只是虚张声势。"

躲在木箱里的小林屏住呼吸，一动也不敢动，竖起耳朵听着木箱外的动静。怪老人步履蹒跚地走到工具箱旁边，一边自言自语，一边从工具箱里取出什么东西来。随后，他又朝木箱走来，冷不防地大笑起来："哈哈哈……我想出好办法了。我大概是这个世界上最聪明的人了吧，哈哈哈……对，就这么干，太有趣了，哈哈哈……"

白发老人歇斯底里地笑个不停，一口参差不齐的黄牙在烛光的映照下显得更黄，黑乎乎的舌头不断蠕动。由于烛光是从下往上照着，老人的脸更显得阴险恐怖。

"他到底要干什么？"

躲在木箱里的小林一边飞速运转着大脑，一边密切关注着木箱外的动静。怪老人左手端着蜡烛，右手提着铁榔头。

老人弯下腰，就像一头猩猩，摇摇晃晃地朝小林藏身的木箱走来。距离木箱仅有两米的时候，他突然一个箭步蹿到木箱前，恶狠狠地盯着那缝隙：

"哈哈哈……你这家伙可要遭殃了。躲在木箱里的家伙，难道还不明白我的意思？哈哈哈……你不会以为我没发现这箱子上的缝隙吧？告诉你，无论多么细小的事物，都逃不过我的眼睛。你现在明白我要干什么了吧？说穿了其实很简单——钉钉子。只要这样你就插翅难逃了，哈哈哈……听，我这就开始了哟。"

怪老人一边阴阳怪气地说，一边"咚咚咚"地把长钉钉在箱盖上，在榔头的敲击下，夹在箱盖下的铅笔很快折断了，箱盖被盖了个严严实实。

"咚咚咚"的声音还是响个不停："哈哈哈……躲在箱子里的，好像是一个年轻小姐吧。是女侦探吗？女人都这么胆大，真是出乎我的意料。一般来说，我对女人特别优待。可如果是来打探秘密的，我可不会客气哟。好了，你就老老实实待在木箱里吧。"

小林心里一沉，糟了，刚才老人拿起榔头的时候怎么没想到呢，如果当时从木箱里蹿出去，也不全于像现在这样只能束手待毙。这样卜去，肯定要被闷死的。

小林使尽力气大声喊道："老爷爷，我可不是什么侦探，是女中学生。我刚才在草地上玩，是不知不觉地走到你屋子里来的。求求你了，快打开箱盖。不然的话，我同学马上会找到这里的，说不定他们还会通知我爸爸。"

在这个紧急关头，小林并没有忘记自己扮演的少女角色。

"嘻嘻嘻……你在说什么呀？我果然没有猜错，这是少女的声音。可你究竟在说些什么呀？我怎么一点也没有听懂？我只要再钉上几根钉子，不管你怎么叫，都没有用了。"

小林着急起来，使出吃奶的劲儿向上推箱盖，但箱盖已经被死死钉住了，纹丝不动。

命悬一线

数次尝试撞开箱盖后，小林的心脏狂跳不止，呼吸也变得急促起来，嗓子也喊哑了。这木箱又结实又笨重，一旦被钉死，空气就会稀薄起来。

怪老人钉完钉子后，站起身来："哈哈哈……好，这样就行了。现在，我该喝酒了，慢慢聆听少女侦探在木箱里挣扎的声音。"

他一边说，一边取来威士忌和酒杯，坐在箱盖上喝了起来。

"哈哈哈……还在挣扎？这女侦探的脾气还真够坏的。可我不在乎你那一套。不管你怎么挣扎，这箱盖都不会打开，哈哈哈……"

怪老人把杯子里的酒一饮而尽，而后仰天大笑。

木箱里的氧气越来越少，小林的呼吸越来越急促，一想到自己就要无声无息地死在这里，悔恨和遗憾一股脑儿地涌上了心头，他伤心地哭了起来。

怪老人似乎喝醉了，说着一些让人似懂非懂的话："我说你呀，快别哭了。怎么？木箱里不好玩？哦，原来是这么回事。喂，小姐，我有好办法啦。再等一等，别哭，别哭。我马上就让你轻松起来。再忍耐一会儿，你马上就可以轻松了，哈哈哈……"

说完，老人醉醺醺地站起身来。

木箱里的小林听到老人的话，而且感觉到老人已经站起身来，便停止了哭泣，竖起耳朵全神贯注地辨别木箱外面的动静。

"让你轻松起来"究竟是什么意思？

"也许怪老人打算杀死我，是的，一定是这个意思。我在木箱里不可能立即死去，他要设法除掉我。"

小林想到这里，紧张得心脏似乎都停止了跳动。

只听怪老人的脚步声渐渐远去，片刻后又回到木箱边上，可能又取来了什么工具吧。

"肯定是手枪。这家伙多半是想举枪射穿木箱，把我打死。"

小林惊出一身冷汗。

"这家伙疯了，刚才看他的眼神简直就是个杀人不眨眼的疯子。"

小林浮想联翩，木箱上即将出现一个小洞，子弹将顺着洞口飞入自己的胸膛。

"明智先生……"小林双目紧闭，明智那张笑容可掬的脸，仿佛正清楚地浮现在自己的眼前。

可又不知怎么了，木箱外一点动静也没有。没有枪声，也没有子弹射进木箱里。突然，外面传来什么东西与木箱摩擦的声音，每摩擦一下，木箱就会轻微地晃动一下。

啊，明白了，肯定是开一个口。怪老人杀人的武器不是枪，而是锋利的刀，他一定是用那种古代长刀在木箱上剜洞。

"肯定是这么回事，这家伙打算用刀捅死我。"

小林的眼前浮现出充满妖雾的舞台，舞台上放着一个相同的木箱，箱子里关押着美丽的少女。猛然间，舞台上出现了一个手握七八把寒光闪闪的长剑的欧洲奇术师。奇术师把长剑接二连三地刺入木箱里。每刺一把剑，木箱里的少女就会发出凄惨的叫声，吓得观众们魂飞魄散。

"现在，我也将和少女一样难逃一死。"

小林隐隐约约地感觉到，锋利的剑刃正穿过箱壁，马上就要出现在自己的眼前。木箱里非常狭窄，自己连闪避的空间都没有，只能坐以待毙。小林再也忍耐不住了，犹如被奇术师刺杀的少女，悲伤地叫喊起来。

突然，只听"呼"的一声，木箱侧面出现了一个洞口，明晃晃的刀尖清晰地展现在小林眼前。小林赶紧闭上眼睛，等待最后的时刻，可奇怪的是，全身没有丝毫疼痛的感觉。不知又过了多久，仍然什么都没有发生。

小林睁大眼睛一看，木箱侧面板上有一个大洞，微弱的烛光射进木箱里。不用说，新鲜空气也从洞口涌进了木箱，呼吸顿时畅快起来。

"哈哈哈……你以为我要杀你？根本没有这回事。就这么把你闷死在里面多没趣呀。瞧，我特意给你开了一个洞。怎么样？现在能听清我的话了吧？"

怪老人嘶哑的声音比先前清楚多了。满嘴的酒味，直朝小林的脸上扑来。

玩偶屋失火

"老爷爷，你打算怎么处置我？"小林把嘴凑到洞口边，依然用甜甜的少女声调询问老人。

喝得醉醺醺的怪老人扯着嗓子说："哈哈哈……你害怕了？放心吧，我不会吃了你的，只不过拿你助助酒兴。欣赏不到喊叫声，喝酒就没有什么滋味了。哈哈哈……"

怪老人说完，又坐到箱盖上喝起酒来。他每喝一口，就说一句莫名其妙的话，然后哈哈大笑，刚才是精神错乱，眼下是醉得不省人事，说起话来前言不搭后语，舌头也僵硬起来。

小林见状，只得装聋作哑。在醉汉面前，你不管对他说什么，都是白费口舌。

怪老人在之后的半小时里一直胡言乱语，渐渐语无伦次起来。再后来，他直接打起了呼噜。

突然，木箱外传来玻璃破碎的响声，老人手里的酒瓶掉在地上摔成了碎片。

又过了一会儿，木箱外的鼾声越来越响。随即，怪老人从箱盖上滚落到地上。再往后，工作室里只有怪老人的鼾声如雷。

这是个好机会，小林见状，马上使出吃奶的力气，用头和肩膀向上猛顶箱盖，虽然还是没有顶开，但铁钉已经开始渐渐松动。小林看到了一线希望，继续咬紧牙关往上顶。

就在这时，箱外传来轻微的响声。小林以为是怪老人被吵醒了，但呼噜声仍然没有停止，他听到的是其中夹杂着的其他响声。

除了怪老人，好像还有其他什么人，不知什么时候闯进了工作室。除了窸窸窣窣的响动，小林甚至听到了那家伙的呼吸声。

小林顿时紧张起来。这里怎么还有其他人？他在鬼鬼祟祟地干什么？

片刻之后，奇怪的声音忽然消失了，就连离开房间的脚步声也没有传来。这家伙难道还在房间昏暗的角落里？他上这儿来究竟想干什么？

小林不知道自己该怎么办。他想主动询问那个身份不明的家伙，可转念一想，万一他跟怪老人是同伙，岂不是自找麻烦？

小林犹豫不决，只好等待。可不管怎么等，外面再也没有传来那种奇怪的响声。除怪老人的呼噜声外，屋子内外没有任何动静。

小林待在昏暗的木箱里，觉得特别难受。过了一会儿，他又察觉到了奇妙的声音。这回，不像人行动的声音，好像什么东西裂开的响声。

就在这时候，一股刺鼻的气味儿飘进了木箱里，是焦煳味。噼噼啪啪的响声，是火。

焦煳味越来越浓，吱吱嘎嘎的开裂声越来越响。不仅如此，一股白色的烟雾顺着木箱侧面的洞口钻了进来。浓烟滚滚，呛得小林又是流眼泪又是淌鼻涕。透过小洞可以看到火光闪动，温度在不断上升。

不好，失火了。工作室已经处在熊熊燃烧的大火之中。

怎么会着火？难道是怪老人弄倒了蜡烛？不，这不太可能。根据刚才的响声判断，好像有人潜入了房间。对，肯定是那家伙放的火。

火海救人

　　木箱里的小林拼命摇晃、挣扎，肩膀、膝盖和肘部出现了累累伤痕，渗出了殷红的血。可眼下，他已经无暇顾及疼痛了。濒死的险境使小林迸发出了惊人的力量，牢固的木箱发出破裂的响声，铁钉开始松动。又撞了几下之后，箱盖终于被顶开了，小林一骨碌站了起来。

　　此刻，周围已成一片火海，整个房间笼罩在浓烟之中，一面墙壁已经坍塌，火苗正在四处乱窜，犹如猩红的长舌，舔舐着天花板。

　　怪老人倒在地上，被浓烟呛得不停咳嗽，痛

苦地来回翻滚。难道他还醉着，自己站不起来？不，不知什么时候，他已经被人用粗麻绳绑了个结结实实。

不管这怪老人多么可恶，也不能眼睁睁地看着他被大火吞噬。而且，他现在这个样子，根本不能再使什么坏心眼。

小林拼尽全力拽着怪老人的脚，沿着尚未燃烧的地面把他往屋外拖。幸亏走廊还没有燃烧起来，还算有一条安全通道。

小林拽着怪老人的脚，沿着走廊来到大门外，又将怪老人拽到远离洋房的草丛里。怪老人似乎还没有醒来，躺在草丛里依然打着呼噜，不过咳嗽已经停止了。

小林把怪老人拖出火海后，拔腿朝街道方向跑去。

不知不觉间已是傍晚，天色渐渐暗了下来。可是，距离入夜还有一段时间，沿街的小商店仍然开着门。

小林闯入店里，大声嚷道："那洋房着火啦。"

而后，他先向当地消防署报了火警，又拨通了中村警部的电话，向他报告了刚才发生的一切。由于明智先生还在外地，他只得直接向中村警部求救。

小林打完电话，急忙返回怪老人所在的草丛。此刻，洋房外已经围满了人。怪老人还待在原来的地方，已经不打呼噜了，只是一动不动，好像死了一样。洋房已经完全被大火吞噬，火光映红了天空。

刺耳的警报声由远及近，几辆消防车疾速驶来。尽管消防员们拼尽了全力，但为时已晚，火势已经难以控制。洋房周围的树林仿佛被染上了浓重的颜色，晚风中浓烟四下飘散。

就在这时候，浓烟里传出阵阵怪声，夹杂在房屋倒塌的声音之中。是鸟？不，是人，是人的笑声，是疯子的笑声。在火海的另一面，有人正在纵声狂笑。这不祥的笑声到底意味着什么呢？

奇怪的回答

　　名为赤堀铁州的老人被带到杉并区警署问话。审讯室里，署长和中村警部坐在他对面，老人则被绑在椅子上。他已经清醒过来，此时正如一只狡猾的狐狸，盯着屋里各人的脸。

　　"你住的洋房失火了，你知道是怎么回事吗？"署长盯着老人的脸，率先开口。

　　"失火了？居然有这种事……对了，有人想烧死我。我被绑住了，动弹不得……然后，有人拽着我的脚把我拖了出来。"

　　"嗯，要不是那人，你现在已经是一块焦炭了。"

老人脸上的表情剧烈变化，青一阵白一阵，鼻尖和额头渗出了豆大的汗珠。

"不好，屋里还有一个人。"怪老人突然情绪激动地大声嚷嚷。

"喂，请你冷静一点。你说什么？屋里还有一个人？"

"是的，是一个女孩子，一个可爱的女孩子。她偷偷溜进我的工作室，躲在装仿古盔甲的木箱里。而我用铁钉把箱盖钉得严严实实的，不让她出来。然后我就坐在箱盖上喝起了酒，喝醉了，不省人事。那女孩子肯定还在那木箱里……你们难道没发现她吗？……说话啊，现场没有发现尸体吗？还是谁把那只木箱搬出来了？喂，请你们快去调查一下。这辈子，我可只做了这一件不可挽回的事情。"

看他的神色，不像故作姿态，这个奇怪的老人，似乎真的在担心少女的安全。

"哈哈哈……放心吧。被你关在木箱里的少女就在这里，好好看看吧。"

署长说完，喊来化装成少女的小林。

"你平安无事啊，太好了，不过，你是怎么逃出来的？……不对，这人是小偷，你们可不能放走她。她偷偷潜入我家，才会被我关在木箱里的。快抓住她！"怪老人朝身边的警官一阵大喊大叫。

中村警部笑着说："这孩子怎么会是小偷？他可是著名的私家侦探呢。"

"什么？这么小的女孩子，怎么会是私家侦探？"怪老人瞪大眼睛，一脸的不可置信。

"小林，把假发套摘了吧。他可不是什么女孩子，是大侦探明智小五郎的得力助手小林芳雄。"

小林一把扯下发套，现出了本来面目。

"哦，他原来是少年。我明白了，是少年侦探小林芳雄。他的英勇事迹，我在报上不知看过多少回呢。是啊，这张脸与报上的照片一模一样。不过，你为什么要潜入我的工作室，而且还男扮女装？"

怪老人越说，警官越觉得糊涂。如果怪老人真是绑架甲野留美敲诈钱财的歹徒，怎么会说出这么一番毫无边际的话来。

怪老人的真面目

　　甲野先生曾叮嘱小林，不要把留美被绑架的事告诉警方，可事到如今，不能再隐瞒了。小林一五一十地向中村警部报告了这起案件的详细经过。

　　"你是那个叫赤堀铁州的玩偶工艺师吗？"

　　"是的。我是专门制作妖怪玩偶的名人。"

　　"你大概知道赤坂见附那儿有一个叫甲野光雄的有钱人吧？"

　　"嗯，好像听说过，但不认识。"

　　"别再装糊涂了。你绑架了他女儿，是这样的吧？"

"绑架？我？"

"是的。你还制作了跟甲野留美一模一样的玩偶，并且把它装进箱子里委托搬运公司送到甲野家。"

听完这番话，赤堀老人大吃一惊，眼睛瞪得大大的："我根本没有做过那种事！"

"可我这里有证人，就是木宫搬运公司的职员。他说，他们公司是接受一个叫赤堀铁州的玩偶工艺师的委托，把木箱送到甲野家的。"

"那好，请这位职员与我见面。他看到我这张脸，就可以还我清白了。"

老人开始焦急起来，似乎不像在演戏。中村警部和署长面面相觑，半信半疑。

"那好，你去把木宫搬运公司的职员喊来。趁证人没来之前，请山田君把甲野留美被绑架一事向赤堀先生介绍一下。"署长给刑警山田警官下命令，并且命令另一名刑警渡边警官开车到木宫搬运公司，把证人接来。

山田警官从甲野留美在公园里遭到绑架说起，

说到歹徒在电话里威胁甲野光雄先生准备一千万日元的赎金，小林接受甲野先生委托后，通过调查搬运公司，了解到委托人是赤堀铁州，才化装成少女潜入洋房……

"原来是这么回事。我现在明白那孩子为什么要藏在木箱里了。我之前对此一无所知，还以为是小偷，才会……我手脚被绑，眼看就要被烧死，是小林把我救了出来。可我……小林，请你原谅我。我误以为你是盗贼，才把箱盖钉起来了，还准备酒醒以后把你送交警方……"

此时，怪老人那张在工作室烛光映照下的可怕面目已经荡然无存，倒有几分滑稽了。

小林开始觉得这老人有些可怜，于是问道："我最不能明白的是，工作室着火的时候，您已经被五花大绑。当时您醉得不省人事，我被关在木箱里出不来，不知道是谁把您绑起来的。"

怪老人搔搔头说："说实在的，我一点印象也没有。不过，我确实是酒醉熟睡时被人绑起来的。"

怪老人说完，陷入了长久的沉思。

这时候，渡边警官进来了，身后跟着木宫搬运公司的职员。

"委托你送木箱的客户是他吗？"

"不是。那个委托我送木箱的老人跟这个老人完全不同。"木宫搬运公司的职员斩钉截铁地予以否定。

"可他就是名叫赤堀铁州的玩偶工艺师，委托贵公司送货的人，难道不是赤堀铁州吗？"

"虽然姓名相同，可是长相与身材都不一样。"

就这样，老人赤堀铁州的犯罪嫌疑被洗清了。

"请等一等，请大家听我说。"老人若有所思，"委托运送玩偶的人肯定不是我。那人不但冒充我，还栽赃给我，甚至企图趁我酩酊大醉时把我烧死。一旦他的阴谋得逞，我就代替他成了死有余辜的犯罪嫌疑人，而他自己则逍遥法外。这家伙真够狡猾的。"

"等一等，罪犯说明天晚上要到甲野先生家取赎金。如果作为他替身的老人已经死了，不就不能取赎金了吗？"署长说。

"嗯……虽然有这种可能，但是他肯定不会就此罢休，说不定还会另生一计。迄今为止，甲野留美还没有找到。那家伙多半把孩子藏在了一个很隐秘的地方，等风声过去之后再上门拜访甲野先生，装作无意中找到了甲野留美。那样的话，甲野先生肯定会重金酬谢，虽说不会支付一千万日元，但肯定也不会少。怎么样？我这个推理很有道理吧？不，他只要把甲野留美藏起来，就还握有主动权。被认定为罪犯的我已经死于大火，甲野留美又不知所终，必然会导致甲野家陷入恐慌，罪犯就可以借机敲诈勒索。"老人对自己的想法很是得意。

"那么，你有什么线索吗？有没有跟你长得比较像，可以冒充你的玩偶工艺师？"

"我一点也想不出来。说实在的，我也觉得不可思议。既然那家伙要烧死我，那我就绝对不会轻易放过他。喂，小林，我求你一件事，能否把我介绍给明智先生？我想当先生的助手，协助警方捉拿真正的罪犯。我一定能出一份力，将他捉拿归案。小林，请你无论如何引我拜见明智先生。"老人一脸认真地央求小林。

玩偶姑娘

　　第二天清晨，甲野家一阵骚动。

　　女佣发现甲野留美就在自己的卧室里，正躺在床上熟睡。

　　接到女佣报告的甲野夫妇立即跑到留美的卧室，但不管他们怎么大声呼喊，留美依然双目紧闭。请医生诊断后，才知道是服用了安眠药的缘故。一定是绑架她的歹徒让留美服用安眠药后，趁夜间把她送回来的。

　　突然，甲野先生好像想到了什么，急忙赶到书房，打开抽屉一看，果然不出所料，放在右边三个抽屉里的大量现金已经不见了。歹徒按照电话里的承诺，把留美送了回来，并取走了赎金。

甲野先生与小林商量后，把这一情况报告给了警方。警方立即赶到甲野家，详细询问了留美事情的经过。按照留美提供的线索，警方找到了真正的贼窝，那里与已经被烧毁的洋房几乎一模一样，只是早已人去楼空。贼窝里有许多玩偶，但身穿长袖和服的红子已经不知去向。

之后的一个月，风平浪静。警方仍继续追查，却什么线索都没有。案发后的第四天上午，明智回到了事务所，向小林详细询问了案件的经过。

不管怎么说，甲野留美平安回到了家。只要歹徒不再作案，就很难发现新的线索。

转眼间，又过了一个多月。有一天，涩谷区的神山先生家发生了一桩怪事。

神山先生是银座宝石商社的总裁，在距离涩谷一千米左右的住宅街上拥有一栋欧式风格的豪华别墅。他有一对儿女，儿子叫神山进一，是初中一年级的学生，女儿叫神山早苗，上小学五年级。兄妹俩正在早苗的书房里，不知为什么事争得面红耳赤，难分难解。

"妹妹，你是个玩偶狂。像你这样沉溺于玩偶，你自己总有一天也会变成玩偶的。"

"好啊，哥哥，你讽刺我。这些玩偶可是我朝夕相处的伙伴。不管哥哥怎么讥笑嘲讽，我都不会在乎。"

进一称妹妹是玩偶狂，其实并不过分。早苗的书房里有一长排玻璃橱，专门用来陈列各式各样的玩偶。早苗从四岁开始就酷爱玩偶，一有零花钱就买玩偶。不知不觉，日积月累，玩偶变得越来越多。她的爸爸和叔叔们每次从外地出差回来，也都会给她带各地的玩偶。在早苗的一大堆玩偶里，稍大一点的是歌舞玩偶，还有风度翩翩的骑士玩偶和蓝眼睛的欧洲玩偶。当船长的叔叔赠送的是意大利大理石玩偶、京都的光脑袋玩偶和喝牛奶的玩偶等。此外，还有一些让它睡觉就会发出婴儿般叫声的婴儿玩偶，与早苗一般高的欧洲少女玩偶，以及电动机器人玩偶。其中，最大的当数贵族小姐玩偶文乐，跟成年人差不多高。

早苗酷爱玩偶，在学校里已经小有名气。为此，左邻右舍和同学们都叫她"玩偶姑娘"。

"哥哥你呢，依我看，你是一个侦探狂。你常以大侦探明智小五郎的弟子炫耀，到处说大话。可大侦探明智先生到底长什么模样，你大概连见都没有见过。"

"你在胡说什么呀，真是睁着眼睛说瞎话。明智先生我已经见过两次了，还跟他说过话呢。我是少年侦探团的团员，小林团长是明智先生的弟子，我们团员当然也是他的弟子。看，这是我们的团徽。"

进一从口袋里掏出泛着银光的团徽，凑到早苗面前，好让她看个清楚。

就在这时，门开了，是神山家的女佣："早苗小姐，大门口来了一个怪人，在推销又大又漂亮的玩偶。那玩偶的做工精致得简直没话说，真是太棒了。夫人正在与玩偶商人说话呢，你也快去看看吧。"

一听说来了玩偶商人，早苗高兴得什么也顾不上了。她从椅子上跳起来，飞也似的朝玄关跑去。

　　"真是个名副其实的玩偶狂。"进一嘟囔着跟在妹妹身后朝大门口走去。

玩偶百合子

一个瘦高个儿男人站在玄关，怀抱着双眼似闭非闭的美女玩偶，早苗的妈妈看得目不转睛，已经被惊呆了。

男人一身黑衣，头发从中间向两边分开，颜色怪怪的，有种说不出的味道。倒八字眉下的一双小眼睛目光锐利，鹰钩鼻子下留着八字胡，说话的时候，胡子就不停地向两边一翘一翘的。虽然额头上的皱纹很深，却捉摸不透他到底什么年纪。

看到早苗跑过来，他立刻微笑着招呼："啊，这是早苗小姐吧？我听说你非常喜欢玩偶，收藏了很多，但我这种玩偶你肯定没有见过。看，它就像真人一样，正好可以做你的姐姐。这玩偶叫百合子，还会跳舞，请看。"

男人把玩偶百合放在地上，双手从玩偶背后伸向腋下指挥她跳舞。

玩偶百合子是一个十五六岁的美丽姑娘，脸庞可爱，发型漂亮，长袖和服非常华丽，腰系锦缎腰带。

只见她挥舞双手，衣袂飘飘，翩翩起舞，就像真人一样。伴随全身的舞动，她的面部也动了起来，两只水汪汪的大眼睛含情脉脉地望着早苗。

早苗跟爸爸一块儿看过文乐玩偶跳舞，眼前的玩偶百合子的舞姿与其不相上下，不，甚至还要技高一筹，仿佛真正的舞姬在跳舞。

"妈妈，这叔叔是上门推销玩偶的？"早苗看着妈妈，满脸兴奋。

"嗯，是的。"

"妈妈，我想把这个买下来。像这样的玩偶，我还是第一次见到。"

男人听早苗这么说，停下了手里的动作："小姐，你喜欢的话就快让你妈妈买下来吧。只要一万日元。这么便宜的价格，就是走遍东京所有的玩偶商店也不可能有。就它身上的穿戴，价值已经超过三万日元了。夫人，您看呢？小姐很喜欢，想买下这个玩偶。"

这个玩偶与十五六岁的姑娘身材相似，和服及腰带都是真的。像这样货真价实的玩偶只卖一万日元，价格确实便宜。

"行，我去跟你爸爸商量一下。"

妈妈说完，到爸爸书房去了，片刻后返回客厅，答应买下这个叫百合子的玩偶。

"好，我来把它搬到小姐的房间去，顺便参观一下小姐收藏的玩偶。"男人满脸笑容。

早苗如愿以偿，高兴得差点跳了起来。此刻，她早已不在乎这人的可怕长相，领着他朝自己的房间走去。

一进入房间，男人先看了一眼玻璃橱柜里一排排形态各异的玩偶，随后把自己抱着的玩偶放在椅子上，接着从女主人手中接过一万日元，弯腰鞠躬致谢后走了。

早苗等大家离开自己的房间后，与百合子相对而坐，足足端详了半个小时。

过了一会儿，早苗对玩偶说起话来："百合子姐姐。"

坐在长椅子上的玩偶看着早苗，似乎在认真地听。瞧她那认真的神情，好像能听懂早苗说的话。

"我喜欢百合子姐姐，就是喜欢百合子姐姐。"

早苗过于兴奋和激动，玩偶百合子似乎也微微笑了，那表情仿佛在说："好啊，早苗妹妹，我也喜欢你呀。请到我身边来，让我来抱抱你。"

"百合子姐姐。"

兴高采烈的早苗大喊一声，扑向玩偶百合子的怀里。

玩偶夜游

进一近来一直忧心忡忡，自打买下玩偶百合子，早苗就有些魂不守舍，整天跟玩偶百合子形影不离。

进一觉得这玩偶很奇怪，主要是他不喜欢那个上门推销玩偶的男人，那人的长相酷似欧洲的恶魔。而且不知为什么，他总觉得那人会魔法。如果真是这样的话，玩偶百合子就是一个魔法玩偶。早苗对她如此迷恋，说不定已经中了魔法玩偶的邪。

这天晚上，进一做了一个噩梦，半夜惊醒了，醒来后总觉得家里发生了可怕的事。难道早苗出事了？他忐忑不安起来，于是穿好衣服，踮起脚尖走到隔壁房间，轻轻推开房门，见早苗正躺在床上，睡得很香，这才放下心来，关上房门准备回自己的房间。

就在这时，不知从哪里传来很轻的脚步声。进一赶紧停住脚步，竖起耳朵。声音好像是从走廊拐角那里传来的。好像是脚步声，但听上去不像木屐踏在地面上发出的那种声音。难道是自来水管里发出的流水声？仔细一听又不像。是老鼠？转念一想，也不可能。

进一不由得心怦怦直跳，暗暗告诫自己：千万不能马虎了事。猛然间，他觉得好像有妖魔之类的东西正在向自己走来。

进一躲在走廊拐角后，探出脑袋偷看。昏暗的走廊里，一个美女正朝自己走来。进一吓了一跳，全身僵硬，想把脑袋缩回来，但怎么也动弹不得。

正是玩偶百合子。她腰系高级锦缎腰带，两只又宽又长的袖子拢在中间，朝进一走来。

"再不快点把脑袋缩回来，就会被对方发现的。"

进一警告自己的中枢神经，可一点也不管用，他只能直愣愣地看着迎面走来的百合子。

"不好，被发现了。"

玩偶百合子停住脚步，直直地盯着着从拐角探出一半脑袋的进一。

双方都屏住了呼吸，惊愕的目光在空中不期而遇，百合子那双眼睛是人的眼睛，绝不是玩偶。突然，百合子美丽的大眼睛眯成了一条线，宛如毒蛇，目光阴寒冰冷。

进一在百合子的注视下紧张极了，只觉得口干舌燥，忍不住就要大叫起来。但这对峙还是以玩偶百合子的失败而告终。也许玩偶最大的软肋，就是被人发现自己是活的。

说时迟那时快，玩偶百合子猛地转过身去，撒开双腿飞奔起来，躲进了早苗的书房。

进一跑到书房门前推门，房门被关得紧紧的，他转动门把手，幸好没有上锁——玩偶百合子是不可能拿到钥匙的。

进一什么也顾不上想了，推开房门闯进了房间。

玩偶百合子正坐在椅子上，进一死死盯住那张脸，但奇怪的是，眼前的百合子不是活的，只是个玩偶。

进一双手抓住身穿和服的玩偶百合子的肩膀用力摇晃，什么反应也没有。他摸了一下她的脸蛋，冰冷、坚硬。他又摸了一下她的手，同样毫无生命迹象。

进一紧盯着忽然间没有了生命的玩偶百合子，尤其是那张陡然间变得死气沉沉的漂亮脸蛋。看着看着，他突然害怕起来，急忙转身逃向自己的卧室。

第二天，进一向爸爸说起前一天晚上遇到的怪事。

"那怎么可能，你一定是在做梦。"爸爸压根儿就不信。

"我的确亲眼看见了，"进一坚持道，"要不我们一起到早苗的书房看看吧。"

爸爸拗不过进一，只得跟他一起来到早苗的书房。两人围着玩偶百合子仔细检查，但怎么看这都只是个玩偶，根本不可能自己走动。

难道这玩偶的肚子里有机械传动装置？父子俩埋头检查，仍然没有新的发现。不过进一还是坚持自己的亲身经历是事实。神山先生开始隐隐不安起来。他回到自己的书房，立即喊来夫人，说有要事商量。

书房一角有一个大保险柜，里面放着他最重要的宝物。

"我想应该不会像进一说得那么离谱，退一步说，假设玩偶百合子值得怀疑，也许其目标就是这保险柜里的宝物。"说到这里，神山先生忐忑不安起来，觉得有必要先打开保险柜，核实一下宝物是否安然无恙。

神山先生从保险柜里取出一个锦盒放在桌上，小心翼翼地打开盒盖。丝绒底座上是一颗光芒璀璨的宝石。

"果然是我多虑了，玩偶怎么能盗走宝物呢。"神山先生松了一口气。

"果然是珍宝，真美。"神山夫人陶醉于宝石的华美。

据说这宝石原来是镶嵌在古代欧洲某国女王的王冠上的，光华璀璨，犹如烈焰，故而人称"火焰宝石"。神山先生购得后，总觉得放在店里不安全，于是特地收藏在书房的保险柜里。

"谨慎起见，必须换掉保险柜原来的密码。除了你和我，谁也不可能打开保险柜。"神山先生说完，思索了片刻，"就用zaomiao吧，这是女儿的名字，我们都不会忘记。"

神山先生说完，盖好盒盖后将锦盒放回了保险柜，然后把原先的密码改成了女儿的名字。

就在这时候，书房门外有轻微的响动。可是精力全部集中在保险柜上的神山夫妇全然没有察觉门外的动静。

正是玩偶百合子。

进一说的果然没错，玩偶百合子是活的。虽然刚才父子俩的调查一无所获，但现在她居然自行走出了早苗的书房，来到了神山先生书房门外。

现在是大白天，进一和早苗去学校了，女佣们都在各自岗位上忙碌着。偌大的别墅里，空空荡荡的。玩偶百合子毫无顾忌地站在门口偷听完神山夫妇的对话后，不慌不忙地回到了早苗的书房。

既然是玩偶，不可能行动自如，其中必有不可告人的伎俩。恐怕那个貌似欧洲恶魔的玩偶推销员，正在附近遥控着玩偶百合子。

少女侦探

进一放学后乘坐电车来到千代田区的明智侦探事务所，想要找少年侦探团的团长小林芳雄商量昨晚的事情，希望小林能给他一个合理的解释。但明智先生和小林都不在，事务所里只有真由美。

真由美今年刚满十八岁，大约一年前被聘任为明智先生的侦探助手，深受少年侦探团全体成员的尊敬和爱戴。

她刚担任侦探助手时，曾在魔人铜锣一案中经受了考验，在智慧和胆量方面得到了锻炼，迅速成长为机智勇敢的少女侦探。

进一与真由美关系很好。真由美说，小林团长跟随明智先生到名古屋去了，由于侦查任务繁重，最早也要后天才能返回事务所。

于是，进一把昨晚的怪事讲给真由美听，向她请教对策。

"不会是做梦吧？"

"我爸爸也是这么说的。可我知道，这绝不是梦。"

"看来玩偶背后肯定有不可告人的阴谋。你说上门推销玩偶的男人长相酷似西洋魔鬼，就这一点，也确实让我觉得可疑。进一，你大概还记得甲野留美被绑架的案子吧，那个绑架留美的家伙自称是玩偶工艺师，跟这个玩偶推销员之间也许有什么联系。凭我的直觉判断，他们俩多半是一伙的。"

"对。这么说，我妹妹随时有可能遭到绑架。"进一不由得坐立不安起来。

"现在还不能断定，不过对方如此大费周章，一定有什么不可告人的目的。我猜你家大概有对方想要的东西，例如珠宝、文物什么的。"

"这么一说，我想起来了。我爸爸收藏着古代欧洲某国女王王冠上的宝石。爸爸说那颗宝石是无价之宝，就藏在他书房的保险柜里。"

"目标多半是它。不过，光我们俩可不行，我看还是多邀请一些咱们侦探团的团员，大家集思广益，才能想出好的对策。正好有两个团员说要到事务所来，现在正在路上呢，一个是井上，另一个是野吕。野吕胆子有点小，但点子多；井上君胆大，思路也挺活跃的，十分可靠。等他俩来了，我们一起想办法。"

"你说井上？我对他也很有好感。野吕嘛，也挺随和的，而且对人热情……"进一赞同真由美的建议。

过了一会儿，井上和野吕来到事务所，四个人坐在事务所客厅里，围着桌子商量起来。

"我建议还是采取曾经使用过的办法，悄悄在进一家周围布控，一旦犯罪嫌疑人露面，我们就立即跟踪。"井上听完进一的介绍后，发表自己的意见。

"晚上也要布控吗？要一直到半夜吗？"野吕问道。

"你是担心回家太晚会被骂吧？放心吧，九点以后可以交给流浪儿别动队。他们通宵达旦也没关系。"

流浪儿别动队是小林在上野公园组建的，队员是流浪街头的少年们。明智善于引导，规劝流浪少年别再行窃和乞讨。他还找到好朋友、现任上野街道工商会会长的酒井先生，请他为流浪少年提供方便。经过商谈，流浪少年们晚上住在工商会的宿舍，白天到附近企业里干一些力所能及的活儿。需要他们帮忙时，只要接到明智侦探事务所的电话，全队就可以立即出动，协助少年侦探团执行侦查任务。

"就这样决定吧。当然，我也一起参加。小林不在，由我担任少年侦探团的最高指挥官。我将女扮男装，大显身手。"真由美充满了激情。她随即与酒井先生通了电话，请他通知流浪儿别动队里有空的队员参加行动。

傍晚来临，真由美带着井上、野吕和流浪儿别动队的三个队员化装成沿街乞讨的乞丐，来到神山家附近。他们分成三个小组，分别隐蔽在进一家周围，等待犯罪嫌疑人出现。

玩偶行窃

　　神山进一先回到家中，任务是在家里监视可疑的玩偶百合子。如果夜里发现可疑情况，就打开手电，从二楼窗户朝外打信号。只要一亮一暗连续三次，隐蔽在周围的少年侦探们就会迅速赶到。

　　晚餐后，进一做完作业，上床睡觉的时候到了，一直没有什么情况发生。

　　进一虽然钻进了被窝，却没有换上睡衣。他仍然身穿白天的学生装，随时准备战斗，一想起伙伴们正隐蔽在别墅周围监控，他更是翻来覆去，难以入眠："已经晚上九点多了，井上和野吕该回家了，真由美和流浪儿别动队的队员们肯定还坚守在岗位上，正瞪大眼睛密切注视着周围的动静。"

又过了半个小时，也不知什么原因，进一越发心绪不宁。家里人都已进入梦乡，整栋别墅里静悄悄的。突然，走廊上隐约传来轻轻的脚步声。是谁？是玩偶百合子吗？进一翻来覆去，再也忍不住了。他一骨碌爬出被窝，轻轻推开房门，来到走廊上。走廊上的灯都已经关了，漆黑一片。他踮起脚尖，手摸着墙，朝早苗的书房走去。

突然，进一停下了脚步。离他不远的走廊上好像有人。

那里的走廊呈T字形，进一紧贴着墙壁，目不转睛地盯着拐角处。渐渐地，那里微微亮了起来。黑暗里出现了一个人影，很快变得清晰起来，啊，正是玩偶百合子。她正捧着一个正方形的白色包袱，走过前面的走廊。

这绝对不是梦，玩偶百合子果然是活的。她胸前的白色包袱里到底是什么？

"不好，难道是放有王冠宝石的锦盒？"

进一加快脚步跟了上去，心里只有一个念头——无论如何不能让她溜走。

玩偶百合子走到走廊尽头，沿着楼梯朝楼上走去。二楼是朝着院子的走廊，有好几个窗户。

"难道她打算从窗户跳到院子里？如果是那样的话，何必多此一举，特意上二楼呢？"进一觉得不可思议。

只见玩偶百合子把白色包袱举过头顶。

"这家伙想干什么？"

进一还没反应过来，只见白色包袱在夜空中划出一道弧线，坠向院子里。

"明白了。院子里肯定有同伙接应，只要接住包袱就会溜走。"

进一如梦初醒，赶紧推开旁边空房间的门，跑到正对街道的窗前，取出钢笔形手电，发出紧急信号。

围墙外昏暗的道路上停着一辆没开车灯的轿车。一身黑衣的男人怀抱白色包袱，翻越围墙后朝轿车跑去，只要他一上车，轿车就会疾驰而去。

就在那名男人翻越围墙的时候，轿车的后备厢盖微微打开了一道缝隙，当听到脚步声越来越近时，那道缝隙又紧紧地合上了。是流浪儿别动队的某个队员，还是女扮男装的真由美？

玩偶百合子的秘密

进一发出信号后，马上赶往早苗的书房，他要趁玩偶百合子还没回来，抢先藏好等在那里，亲眼看看她是怎么由活生生的人变成硬邦邦的玩偶的。

玩偶百合子把包袱扔出去后，站在窗前俯视昏暗的院子，似乎在确认接应的同伙是否已经把"货"取走，顺利离开。

进一进入早苗的书房后，摸到墙边的电源开关，"啪"地打开电灯。

突然，他"啊"地惊叫一声，身子差点瘫坐在地上——不知什么时候，玩偶百合子已经返回了早苗的书房，正在原来的位置上。

"不可能，通向这房间的路只有一条，我肯定比玩偶百合子快。"进一一边肯定自己的结论，一边为自己壮胆。他努力使自己镇静，突然，好像觉察到了什么。

"对，玩偶百合子应该有真假两个。一个是真玩偶，另一个则是化装成玩偶的人。之前竟然没想到。我追到这里来的时候，假玩偶早已藏在壁橱里，只有真玩偶坐在椅子上。好，这回换我藏在壁橱里，等假玩偶回来。"

进一急中生智，敏捷地躲到壁橱里，留出一道小小的门缝作为窥视孔。

进一刚藏好，走廊里就传来了脚步声。为了模仿玩偶走路，那人多半在脚底绑了很硬的东西，好制造玩偶行动自如的假象。

进一屏住呼吸朝门口张望，心扑通扑通地跳个不停。

房门被推开了，假玩偶若无其事地走进书房，跟玩偶百合子的装扮一模一样。进一大吃一惊，竟然真的有长得跟玩偶一模一样的少女。不，不是少女像玩偶，也不是玩偶像少女，而是罪犯根据少女的模样，请工艺师仿制了一个一模一样的玩偶。

少女朝壁橱走来。果然，这家伙还想故伎重演，躲在壁橱里。

进一握紧拳头，气不打一处来，无论如何，得制服这个可恨的家伙。

两米，一米……少女越走越近，不能再犹豫了，进一猛地推开壁橱门，从壁橱里跳了出来。

"啊！"少女大惊失色，转身就向门口跑去。

"站住！"进一一声大喝追了上去。

少女一边逃跑，一边迅速解开腰带，很快就跑到了面朝院子的走廊窗前，一闪身跳到了院子里。

"快来人……快帮我抓住玩偶百合子！"进一大声呼喊，也紧跟着跳到了院子里。

此时，那少女已经向围墙跑去，一边跑一边脱下和服扔在地上。和服下是黑色的紧身衣。

进一一边追赶一边继续大声呼叫，但家里一个人都没有出来。

少女已经爬上了墙头，敏捷的身手犹如杂技演员。进一赶紧伸出手想抓住她的脚，可为时已晚。少女纵身一跃，跳到了墙外的街道上。

　　这么长时间，这少女不可能一直待在壁橱里，那么她到底藏在哪儿了呢？想到和服下的一身黑衣，她应该是趁夜潜入早苗书房的吧。

流浪儿别动队惨败

在进一家周围布控的流浪儿别动队的三个队员听到了进一的喊声，马上分头寻找，玩偶百合子肯定在逃窜，那样的话她肯定要翻越围墙跳到街道上。

很快，他们发现了围墙上的黑影，应该就是她了。那黑影身手敏捷，一转眼的功夫已经跳到了街道上。

听进一介绍说，玩偶百合子身穿和服，眼前的少女却是一身黑色紧身衣。流浪儿别动队的队员们经常在黑夜行动，早就习惯了。少女的装束，他们看得清清楚楚。

"奇怪，那家伙大概不是玩偶百合子吧？"

"她是从围墙上跳下来的，肯定是。"

"那好，上去抓住她。"

"上。"

流浪儿别动队的队员们轻声商量完毕，猛地扑到少女身前。少女被突然出现的三人吓得连连后退："你们要干什么？快让开。你们这些臭要饭的小叫花子。"

少女破口大骂。要不是眼前的三个家伙，她这时候已经逃之夭夭了。

"你说什么？我们是叫花子？别小看人。告诉你，我们是少年侦探团别动队的，都是大侦探明智先生的弟子。"三人不容分说，将少女团团围住，按倒在地。

突然，背后传来一声大喝："放开她，你们休想欺负那孩子。"

三个队员大吃一惊，回头看去，只见一个身穿黑色毛线衣、长得五大三粗的男人正恶狠狠地瞪着他们。

"哼，吓唬谁呢。你是哪儿来的？"一个胆大的队员毫不示弱地回敬了一句。

"没听到我的话吗？快放开她。"话音刚落，男人冲上前来，几下就把三个队员都摔倒在地上。

"哎哟，好疼。"

"你这浑蛋，一定是罪犯的同伙，别想跑。"

队员们纷纷爬起来，再次冲上去，抱腰的抱腰，抱腿的抱腿，与男人扭打在一起。可是男人力大无比，三个队员根本不是他的对手，很快就被打得鼻青脸肿，一个个躺在地上再也起不来了。

"这下尝到我的厉害了吧。"男人牵着少女的手，消失在了夜色中。

神山先生和进一赶来的时候，两人已经跑远了。

与此同时，载着王冠宝石的轿车在一栋远离世田谷区的欧式旧别墅门前停了下来。一个男人抱着一个白色的正方形包袱，小心翼翼地下了车，跟司机轻声耳语了几句，就朝别墅大门走去。

别墅是两层建筑，外墙用红砖砌成，外表破

旧，应该是很久以前建造的。围墙破烂不堪，铁门也变形了。在漆黑的夜幕中，仿佛一个盘踞在荒野中的巨大怪物。

男人消失在大门里的时候，轿车后备厢盖微微向上开启，钻出一个人来，原来是身穿男人服装的真由美。她的腋下似乎也挟着一个正方形的白色包袱，跟刚才那男人抱着的包袱一模一样。

调 包

真由美钻出后备厢后，后备厢里似乎还有什么东西在动。

难道真由美还随身带着狗或猫之类的宠物？

不，不是什么宠物，而是一个七八岁的小孩。只见他身手敏捷地钻出后备厢，满脸污迹，衣衫褴褛。他是流浪儿别动队的队员，外号叫口袋小和尚，是说他瘦小得能钻进大人的口袋里。虽然看上去顶多只有七八岁，但其实他已经十二岁了。

口袋小和尚虽然个子小，但很聪明，自从加入流浪儿别动队以来，屡立大功，已经小有名气。他非常尊敬真由美，当得知她决定藏在轿车后备厢跟踪歹徒时，不免担心起来，于是决定当一回真由美的保镖。

真由美钻进后备厢时，没想到口袋小和尚也跟着钻了进来。真由美打手势示意他下车，可他一动不动地蜷缩在后备厢的角落里。真由美觉得如果动作过大会被司机察觉，所以只好让他跟着一起来了。

他们俩的行动干净利落，司机毫无察觉，很快就再次发动汽车，消失在了夜色中。

真由美和口袋小和尚穿过破铁门，借着夜色的掩护向玄关摸了过去。

此时，那男人正站在玄关门前，窸窸窣窣地好像在用钥匙开门。

夜色深沉，别墅里没有一点灯光，简直就像一栋空屋。

大概一直没有找对钥匙，那人半晌没有打开门锁，索性把包袱放在台阶上，集中注意力开锁。

就在这时候，一个人影悄无声息地靠近了台阶，片刻之后又迅速离去。男人丝毫没有察觉，还是全神贯注地摆弄着钥匙。门终于开了，他弯腰捧起台阶上的包袱走进了别墅，随即传出"咔嚓"一声上锁的声音。

真由美和口袋小和尚离开别墅三十分钟后，又出现在了破铁门前。这时候，真由美腋下的白色包袱已经没有了，口袋小和尚也是两手空空。那个白色包袱究竟被他们俩藏到哪里去了呢？

"姐姐，今晚的侦察就到这里吧。这古怪的别墅里不知道会有什么危险。"口袋小和尚抓住真由美的衣襟，轻声劝说。

"现在报告警方也不是不可以，但连罪犯到底是什么人，他们在这里面都干了些什么都搞不清楚的话，实在称不上明智先生的弟子。你要是想回去就先回去吧。"真由美态度坚决，推开了口袋小和尚的手。

"我不回去。这种时候，怎么能扔下姐姐一个人回去呢？"口袋小和尚不再说什么了，跟在真由美身后。

真由美穿过铁门，蹑手蹑脚地绕到别墅侧面，所有窗户都黑乎乎的，死一般寂静。她又往别墅背后走，寻找入口。

突然，她发现别墅背后的一扇窗户里透出了微弱的光，赶紧停住脚步观察，又踮起脚尖靠近那个窗户朝里边窥视。

窗帘早已拉上，但留下了一丝缝隙。

真由美把脸凑近窗前，朝里面张望。微弱的光线不是灯光，是桌上蜡烛的烛光。两个男人正隔着桌子说着什么。其中一个男人肯定是那个坐车来的家伙，带来了那个正方形的白色包袱。

坐在他对面的是一个不可思议的怪物。前额的头发呈尖角下垂的形状，两条剑眉下边是一双细长的眼睛，鹰钩鼻，八字胡，下巴上还留着小三角胡。那模样，与漫画里看到的西洋魔鬼一模一样。他身穿黑色长袍，双手搭在靠背椅两边的扶手上，悠闲地坐着。

"先生，这次非常顺利。玩偶百合子偷听到了保险柜密码，不费吹灰之力就偷出了王冠宝石。我接到宝石之后就坐车赶回来了。整个计划非常完美。"坐车回来的男人把盗窃王冠宝石的整个过程向恶魔男人做了汇报，并称他为"先生"。

被称为"先生"的恶魔男人，就是上门推销玩偶百合子的家伙。他究竟是干什么的？他与那个玩偶爷爷到底有没有关系？说不定他们根本就是同一个人，只是化装成了不同的模样。

"嗯，百合子还真机灵，果然没让我失望。好吧，快把王冠宝石拿给我看看。"恶魔男人志得意满、满脸笑意。

男人立即解开白色包袱，露出了里面的锦盒。他恭恭敬敬地打开盒盖，突然惊叫起来。恶魔男人也大吃一惊，脸色骤变，哪有什么宝石，丝绒底座上只有一封信。

恶魔男人一把拿过信念了起来，念着念着，脸涨得通红，一对剑眉翘得更厉害了，原本细长的眼睛瞪得像两个铃铛。他紧抿着嘴唇，牙齿咬得咯咯直响。

真由美当然知道信上的内容，那可是出自她的手笔：

你利用玩偶百合子行窃，自以为很高明吧？殊不知魔高一尺，道高一丈，宝石已经被我们调包了。玩偶百合子确实按你的指令从神山先生的保险柜里取走了装着王冠宝石的锦盒，但现在你能拿到的就只有这封信了。唉，恐怕你现在的心情不会太好吧？

真由美得知歹徒准备盗窃王冠宝石的消息后，立即从神山先生那儿打听到了锦盒的样式，订做了一个一模一样的替代品，并把这封信放在里面，又找来一块一样的白色包袱布包了起来。

今天晚上，真由美就带着这个包袱钻进了轿车后备厢。当男人把包袱放在别墅门口的台阶上用钥匙开门的时候，她就用这个替代品神不知鬼不觉地换回了真品。将真品妥善安置后，她才又再次回到别墅。

由于自己制订的计划实施得非常顺利，真由美高兴得有点忘乎所以，只顾着窥视房间内的情况，竟然忘了自己还身处险地。此时，一个黑影正在朝真由美靠近。

机器玩偶

　　正趴在窗前窥视的真由美突然感到背后有一股寒意袭来，还有轻微的窸窸窣窣的声音。

　　真由美不禁打了一个寒战，又不敢转过脸去看。肯定不是口袋小和尚。如果是那小子，走路是不会发出声响的。这声音就像是一条大蛇在草丛里爬。

　　无论怎么害怕，待着不动或许更麻烦。真由美下定决心，猛地扭头看去。

　　身后一片漆黑，可黑暗里好像有什么东西在晃动。

　　真由美刚才一直窥视屋内，一时之间还不能马上适应眼前的夜色。她眯起眼睛好一会儿，才慢慢适应过来——一个比幽灵还要恐怖的影子，挡住了她的退路。

这家伙的身材比普通人要大很多，仿佛一座巨大的雕像，全身铁一般的颜色，正方形的脑袋大得出奇，两只圆溜溜的眼睛里射出火焰般的光芒，大嘴巴里裸露出锯齿形状的牙齿，手脚都是铁制的，似乎依靠硕大的铰链和发条活动，不时发出咔咔的金属摩擦声。

真由美心里明白，这是个机器人。这家伙悄无声息地隐藏在浓重的夜色里，制造出恐怖的氛围。一想到怪物是没有生命的机器人，真由美越发紧张起来。

口袋小和尚呢？真由美向四下寻找，就是看不到他的影子。这小鬼躲到哪里去了？

那果然是玩偶，没有生命的玩偶。那个玩偶爷爷也好，这个恶魔男人也好，都是制作玩偶的高手。那个行动自如的玩偶百合子，完全是盗贼设下的圈套。可此刻出现在真由美眼前的家伙，确实是靠机械装置行动的机器人。

更令真由美心惊不已的是，这样的家伙还不止一个，漆黑的夜色中又接连出现了四个一模一样的机器人。每个机器人的眼睛里都装着一闪一闪的灯，酷似红色的霓虹灯光，一亮一灭，就像人在眨眼睛。

机器人一共有五个，可是在神情恍惚的真由美眼里，仿佛变成了几十个。

随着齿轮和发条转动的机械声，五个机器人不断向真由美逼近。真由美企图突破机器人的包围圈，可无论怎样左冲右突都无济于事。机器人似乎知道她的心思，时而叉开腿，时而张开手，设置种种障碍，十只铁钳般的手把真由美团团围了起来。

"救命……"真由美一边呼救，一边跑向刚才的窗前。比起这些机器人，那个恶魔男人似乎没有那么可怕了。

不知什么时候，烛光早已熄灭，房间里一片漆黑。

只听一阵窗户打开的声音，两只大手从黑暗里伸出来，托住真由美的手臂将其高高举起，把她拉进了房间里。

是恶魔男人还是那个坐车回来的男人？

不管是谁，反正不是机器人。与其落入机器人的魔掌，还不如被真人绑架。

"你这家伙是谁？"是那个恶魔男人的声音。

真由美倒在地板上，一声不吭。

另一个男人说话了："先生，我觉得这家伙十分可疑。刚才，我开门的时候花费了好长时间。当时，包袱是放在门前台阶上的，一定是这家伙趁机调了包。哼，我要让他尝尝我的厉害，乖乖地把真实情况供出来。"

"不，还是由我来对付他吧。情况我已经基本清楚。这家伙如果是明智的部下，肯定是一个重要人物。我会把她变成送给明智的特别礼物，怎么样？哈哈哈……"恶魔男人的笑声让人不寒而栗。

地下密林

"喂，你是什么人？尽管你穿着一身男装，可我总觉得你像个女的。想起来了，我听说过，明智有一个叫真由美的少女助手。你大概就是那个真由美吧？调换王冠宝石的事，肯定是你干的。喂，我没说错吧？还不从实招来，以免受皮肉之苦。"恶魔男人面露狰狞，威胁真由美。

真由美只是一言不发，直直地盯着恶魔男人的脸。

"怎么不回答？不过你的眼神已经告诉我，我刚才说的完全正确。哈哈哈……算了，不说也罢。

你好不容易到这里做客，我应该让你欣赏一些精彩的东西。你以后会一直留在这里，明白我的意思吗？你再也回不到明智身边了。"恶魔男人说得不急不躁，语气十分平稳，但话里的意思却十分恐怖。他已经决定，要把真由美当作永远的人质。

"喂，过来，让你开开眼界。我是伟大的玩偶工艺师，可以给玩偶注入灵魂。刚才的机器人都出自我的手。"恶魔男人说着，一把捏住真由美的手腕。真由美使劲摆脱，却怎么也挣不开，只得跟在恶魔男人的身后来到走廊对过的另一个房间。

"你就待在这里，一会儿就带你到好地方去。"恶魔男人说完关上房门，上了锁，不知到哪里去了。

真由美站在门边环视整个房间，房间里没有任何装饰，空空荡荡的，只有正中央有一张大桌子，桌子后面的椅子上坐着一个男人。男人相貌奇怪，身穿大红西装，脖子上系着一根宽大的绿色领带，棕色头发十分浓密，酷似欧洲人。男人的脸上油腻腻的，似乎涂满了油脂。棕色眉毛下嵌着一双圆溜溜的眼睛。此刻，他正目不转睛地盯着真由美的脸。

真由美只想马上逃离这里，可唯一的出路已经被那个恶魔男人锁上了。

"喂，到这里来。"是儿童的声音，却是从眼前这个男人的方向传来的。大概是他在说话吧，可他的嘴巴和眼睛一动不动。难道又是腹语术？

真由美没有回答，仍然站在原地。

那男人又说话了，还是刚才的内容："喂，到这里来。"

仿佛有一股无形的力量推着真由美，身不由己地朝桌子那里走去。

"哈哈哈……"那男人突然笑了起来，伴随着阴森的笑声，一件可怕的事情发生了——真由美脚下的地板忽然消失了，她顿时向下坠去。

真由美刚才踩上了一块翻板，翻板下好像是一间地下室。房间里的那个男人，说不定就是恶魔男人制作的玩偶。它说话的声音，大概是录音机播放的。

地下室里没有一丝光线，黑得什么也看不见。过了好一会儿，真由美的眼睛才慢慢习惯，能够勉强辨别周围的情况。

眼前好像是一片黑压压的密林。地下室里怎么会有密林？而且就像照片上看见过的一望无际的南洋密林。

真由美的神情恍惚起来，以为自己在做梦。地下室里有密林，简直不可思议。

密林里都是些从未见过的古怪大树，枝叶茂密，其间还有许多粗壮的藤蔓盘曲虬结。茂密的绿叶中突然闪出一团艳红，就像一团燃烧的火焰。真由美惊呆了，已经全然忘记自己是一个被监禁的囚徒，全神贯注地注视着绿色密林里出现的奇迹。她揉了揉摔痛的屁股，向着那团火红走去。

密林中的每棵大树上都爬满了粗壮的绿藤，就像盘踞着无数条蟒蛇。黑压压的枝叶仿佛密林上空巨大的盖子，真由美在其间奋力穿行，离那团火红越来越近。

那不是火焰，而是一朵鲜红的花朵。它的花瓣大得惊人，比百合花的花瓣要大几千倍。站在它旁边，真由美觉得自己好像变成了只有十厘米高的小矮人。

真由美突然感到有什么东西在背上蠕动，不由得倒吸了一口凉气。她猛地转过脸，只见一根直径足有五厘米粗的藤蔓正如一条青蛇缠绕在自己身上。真由美吓得拔腿就跑，可那根藤蔓突然收紧，一下子缠得她险些喘不过气来。

太可怕了，那藤蔓就像真的蛇一样越缠越紧，而且直把真由美吊向半空。真由美拼尽全力也无法挣脱，不断大声呼救。

真由美曾经在书上读到过，在南洋的密林里有一种树，会用藤蔓把人卷起来吃掉。这应该就是那种食人树吧。

"救命——"真由美在空中一边挣扎，一边呼救。

"哈哈哈……"难道是食人树在笑？真由美再看那棵粗壮的大树，越看越像一张人脸，眼睛，鼻子，连嘴巴都有。

"哈哈哈……这回先放过你。这密林里还有许多有趣的东西，慢慢欣赏吧。"

话音刚落，那根藤蔓就开始下降。等到真由美双脚落地后，很快就离开了她。

密林之王

真由美一屁股坐在地上，筋疲力尽，一动也不能动。

突然，面前的树丛里好像又有什么东西在动。巨大的蕨类植物的叶子如波浪般向两边分开，一个深蓝色的光溜溜的东西正迅速向她爬来。

真由美以为是大蟒蛇，吓得赶紧爬起来打算逃走。然而，它不是蛇，它长着脚呢。

不好，是鳄鱼。这家伙比蟒蛇更可怕，连人也能一口吞下。可鳄鱼没有深蓝色的。

那家伙只露出一半身体，看起来很像鳄鱼。两只大眼睛，嘴巴里猩红的长舌一吞一吐。

啊，看清楚了，那是蜥蜴，巨大的蜥蜴，体型足有平常蜥蜴的上千倍。

虽然一般来说蜥蜴不像蛇和鳄鱼那么可怕，但这么大的蜥蜴，恐怕也能把人一口吞下吧。

真由美极力压抑自己的恐惧，不断告诫自己千万不要轻举妄动。说不定眼前这家伙就像青蛙一样，只要自己不动，它就发现不了。

巨大的蜥蜴从树丛里爬了出来，经过真由美身边时，抬起满是褶皱的脸盯着她打量了许久，又忽地张开嘴巴吐出猩红的长舌，眼看就要触及真由美可爱的脸蛋。真由美一动不动，连大气也不敢出。

蜥蜴在真由美的周围转来转去，又是摇头又是摆尾，却始终没有伤害她的意思。真由美似乎明白了，蜥蜴并不是跟自己过不去，而是在求助。

"密林之王马上就要来了，快帮帮我。"蜥蜴说话了，是小孩子的声音。

在这片密林里，树会说话，蜥蜴也会说话，这多半是那个恶魔男人的杰作。

真由美听了蜥蜴的话，稍稍放下心来。不过，它说的密林之王又是什么？

"来了，密林之王来了。你可要当心啊。"蜥蜴的声音已经颤抖了。

话音刚落，茂密的树林里传来一阵哗哗啦啦的嘈杂声响，紧接着，一只比常人的手要大出一倍的毛茸茸的棕色巨手伸了出来，黑色的掌心分外醒目。然后是另一只巨手。两只巨手把树叶朝两边分开，露出了一张恐怖的巨大脸孔，一双怪眼死死地盯着真由美。

巨脸上也长满了棕色的毛，目光锐利、凶狠，鼻子扁平，牙齿呈黄色，嘴角一直延伸到两边耳根——是大猩猩，这密林里竟然有大猩猩。

大猩猩走出树林，直立起身子，摇摇晃晃地向真由美走来。

真由美再也忍不住了，大叫一声，拔腿就逃。

"咕噜噜噜……"大猩猩的嘴里发出一连串令人毛骨悚然的声音，猛扑过来。

真由美吓得两腿一软，赶紧趴在地上。还好，大猩猩的目标并不是真由美，而是她身旁的那只蜥蜴。

"救命……"蜥蜴的声音在密林里回荡。

大猩猩扑到蜥蜴身上，"咕噜噜噜……"地大叫不停，用巨大的手掌提起了蜥蜴的脑袋，掰开蜥蜴的嘴巴朝两边猛撕。瞬间，蜥蜴从头到尾被撕成了两片。

奇怪的是，蜥蜴被撕开后居然没有流出一滴血。纷纷掉落的不是五脏六腑，而是大大小小形状各异的齿轮，撒得满地都是。

这只蜥蜴竟然也是那个恶魔男人制作的玩偶。

大猩猩在散落一地的齿轮里翻找，果然，那里面有一盘酷似录音带的东西。看来刚才那蜥蜴说的话都是录音。

大猩猩在蜥蜴的"尸体"上乱踩一气，似乎在发泄，随后死死盯住了真由美。

殊死搏斗

真由美亲眼看到蜥蜴被大猩猩撕成两半，此时连逃跑的勇气也没有了，只能束手待毙。

不知道是不是她的错觉，大猩猩竟然露出蜡黄的牙齿嘿嘿笑了。它扬起两只毛茸茸的大手，一把抓起了真由美。

就在这时候，正上方黑压压的天空中吹来一阵可怕的狂风，高大的树枝和缠在树枝上的藤蔓顿时犹如魔女的长发随风飘荡起来。一抹黑影从空中掠过，那实在是太大了，真由美一时都没反应过来，待那抹黑影飞远了些，才总算看清楚了，那是一只大雕，翼展足有四米多。

大雕一个盘旋，朝大猩猩扑来。大猩猩不得不放开了真由美，跟大雕展开了殊死搏斗。

大雕用锋利的喙啄向大猩猩的喉咙，大猩猩怪叫着，伸出两只巨手去抓大雕的身体。大雕的两只利爪也毫不客气，在大猩猩的身上乱抓一气。

大雕不断扇动巨大的翅膀，卷起阵阵飓风。真由美被风刮得左右摇晃，眼看就要腾向空中。周围的大树剧烈摇晃，小一些的更是被连根拔起。

啊，大猩猩倒下去了。大雕用巨大的翅膀抵住大猩猩，巨大锋利的喙接二连三地直捣大猩猩的喉咙。

"嗷嗷……"大猩猩的叫声在密林中回荡。只见它两只毛茸茸的大手将大雕的脑袋使劲儿摁向自己的胸口，根本不在乎大雕的喙。它身上不仅长满了又粗又密的毛，还涂有厚厚的松脂和砂土，就像穿上了一身盔甲。

又是一番搏斗，大雕被勒住脖子，终于没有力气了，只是偶尔有气无力地扑扇几下翅膀。原本被压在下面的大猩猩翻身骑在大雕身上，企图用自己巨大的身躯碾碎被击败的对手。尽管大局已定，但是它的两只大手还是死死地掐住大雕的喉咙。

终于，大雕一动也不动了。大猩猩松开掐住大雕脖子的双手，将两只硕大的翅膀扭向两边，一把抓住大雕的肚子猛撕起来。不计其数的大小齿轮涌了出来。

看来这只大雕也是恶魔男人的作品。

真由美终于松了一口气，如果大雕和蜥蜴都是人工制作的，那么大猩猩很有可能也是靠那些大大小小的齿轮运转的。

然而，一看到大猩猩凶神恶煞般的眼神和龇牙咧嘴的表情，真由美就又忐忑不安起来。她现在只有一个念头，就是尽快逃离这里。也许现在正是机会，可两条腿像失去了知觉，怎么也不听使唤。

猴群叛变

大猩猩得意扬扬地站起身，一边"呜喔，呜喔"地吼叫，一边用手"咚咚"地捶打自己的胸部，仿佛在为自己的胜利大唱赞歌。

或许它刚才的吼声是信号，不一会儿，密林里传出"咔咔，咔咔"的欢呼声，随即跑出一群猴子。

一只，两只，三只……一共有八只猴子，红红的脸蛋，红红的屁股。大猩猩比成年人还要高大，但此时出现的猴群，个头与孩童差不多。这些小猴子大概都是密林之王的侍从，正恭恭敬敬地围坐在大猩猩周围，仰望着密林之王。

大猩猩"咔"地轻轻叫了一声，好像在跟猴群打招呼。随后，它转过脸看着真由美，不慌不忙地走了过来。

"啊！救命——"真由美惊恐得全身血液凝固似的，双腿怎么也迈不开，只是歇斯底里地大喊大叫。

大猩猩越来越近，完了，一切都无法挽回了。真由美觉得那双毛茸茸的大手马上就要掐住自己的脖子，再把自己撕成两半。想到这里，真由美只觉得脑袋里一片空白，昏了过去。

就在这时，意想不到的事情发生了。

原本好像侍从一样的猴群突然扑了上来，抱住了大猩猩的手脚。大猩猩挥手抬腿想把猴群驱散，尽管这些小猴子个头不大，但是八只加在一起，就连身材魁梧的大猩猩也无可奈何，很快就筋疲力尽，摔倒在地。

"咔，咔，咔……"猴群欢声四起，压在大猩猩身上继续撕打。大猩猩拼命舞动四肢，赶散猴群，但刚要爬起来，猴群就又扑了上来。如此反复几次之后，大猩猩终于被牢牢地摁在了地上。

真由美醒了过来，原来是一只猴子在拍打她的脸颊。她悠悠睁开眼，一下子就看到了猴子身上毛茸茸的皮毛，不由得又是一声惨叫。

就在这时，耳边传来人说话的声音："不要怕，我是小林。我是特意来撕下这家伙的假面具的。"

真由美傻乎乎地捏了一下自己的耳朵，担心自己在做梦。怎么？救我的这只猴子会说人话？它还说自己是小林？

"听清楚了吗？我是小林。"虽然对方一连说了两遍，可是真由美还是半信半疑。她不明白，对方到底是猴子还是人。这猴子怎么可能是小林？不过，声音听起来有点耳熟。在明智的助手中间，小林是真由美的前辈，两人也经常在一起。

"你、你是小林？"真由美轻声问道。

"是的，我是来救你的。明智先生和中村警部马上也会赶到这里。"

"那么，那个恶魔男人呢？"

"瞧，他在那里。"

真由美环视周围，寻找恶魔男人。

那只大猩猩正被猴群压在底下做垂死挣扎。猴群齐心协力，抓住它的脑袋使劲儿地拽，结果脑袋被拽得掉在了地上。不过，那不是真正的脑袋，而是大猩猩的假面具。原来，大猩猩的躯壳里是人。假面具被摘掉后，人脸暴露在大家的眼前。

啊，大猩猩就是恶魔男人。乌黑的头发，两条剑眉，八字胡……

去掉伪装的恶魔男人身穿一套黑色衣裤，恼羞成怒："你们是不是疯了？明明是我的手下，这是要干什么？

一只小猴子从猴群中走了出来："我们可不是你的手下。你的手下都被绑起来关押在房间里了。"

"那你们到底是什么人？"

"我们是少年侦探团流浪儿别动队的队员，我们的头儿也在这里哟。瞧，就是站在真由美旁边的那只猴子，他是我们的团长小林芳雄。"

这究竟是怎么回事？小林团长率领的少年侦探

团和流浪儿别动队，居然神不知鬼不觉地埋伏在地底下的密林里。

真由美后来才知道，这都多亏了口袋小和尚通风报信。真由美遭到机器人攻击时，一直跟在她身后的口袋小和尚忽然失踪了。原来他看到真由美误入敌人设下的陷阱，就马上溜到大街上找到电话亭，用电话与小林团长取得联系，报告了别墅的位置。而后，他又悄悄返回别墅，利用自己个头的优势，挨个儿调查别墅里的房间，就连地底下这片密林也被他调查得一清二楚。

地底下的密林当然也是恶魔男人的杰作。密林深处有一个类似后台的房间，几个身披猴皮的少年在那里待命。他们扮演大猩猩的侍从，正要去密林里上演闹剧。就连这个消息，口袋小和尚也打听到了。

小林团长接到电话后即刻报告明智先生，随后带上少年侦探团的五个团员和流浪儿别动队的五个队员，驱车赶到别墅，正巧遇上前来接应的口袋小和尚。在口袋小和尚的带领下，大家先潜入后台抓住那假扮猴子的八个少年，将他们五花大绑，然后小林从少年侦探团和流浪儿别动队里挑出七个少年，跟自己一起化装成大猩猩的侍从出现在密林里。大猩猩对这突如其来的叛变猝不及防。

密林大追捕

　　八只猴子纷纷脱掉猴皮，现出本来面目。少年侦探们身穿白色衬衫和蓝色裤子，别动队员们则穿着毛线衣。密林深处又走出两个没有化装成猴子的少年侦探，他们都穿着学生装。

　　小林也脱去猴皮，里面也穿着白色衬衣。他牵着真由美的手，笑眯眯地看着恶魔男人。

　　恶魔男人恶狠狠地瞪着眼前的少年侦探们，突然大笑起来："哈哈哈……小林，你干得太漂亮了。不过，我怎么会就这样束手就擒呢？好戏才刚刚开始，这密林里还有很多你们意想不到的好东西，到时候可别哭啊。我劝你们不要高兴得太早，哈哈哈……"

恶魔男人一边笑，一边朝前走了五六步。突然，他一跺脚，在他与少年们之间出现了一片红彤彤的火光。随即，"啪，啪，啪"的爆炸声接连响起，红色的小火花直往上蹿，火星四溅。

是焰火。恶魔男人肯定是踩上了焰火开关。

就在大家的注意力全部集中在这绚丽缤纷的焰火上的时候，一个，两个，三个，四个，五个……跟恶魔男人一样一身黑衣的家伙从密林中蹿了出来。原来这焰火还是信号。

"哈哈哈……这回出现的可都是我的手下了。上，把这些小家伙全部给我抓起来，也别让那姑娘跑了。"

恶魔男人得意忘形。

少年们总共只有十个，而以恶魔男人为首的大人有六个，少年们无论如何也敌不过他们。六个成年人很快把孩子们包围了，要逃走已经不可能了。他们怪笑着围了上来，包围圈越来越小，很快，最前边的一个少年被抓住了手臂，"哇哇"大叫起来。

就在这千钧一发的时刻，密林里又蹿出许多黑影。

这回出现的是身穿制服的大人，是警察来了。一个，两个，三个……一共有七名警官。

"中村警部。"小林脱口喊道。第一个冲上来的是警视厅的中村警部，其余六名警官是他的部下。

"你好，小林，是这位少年给我们做的向导。"

"啊，是口袋小和尚。"

"小林团长，没受伤吧？明智先生随后就到。"口袋小和尚兴高采烈。

警官们与恶魔男人和他的手下们扭打在一起。

恶魔男人躲开警官的攻击，拔腿就逃。他一边跑，还一边笑："哈哈哈……什么？明智要来了？哈哈哈……我正想要会会他。"

一名警官朝恶魔男人扑去。

"别靠近我，你们根本不是我的对手，别白找苦吃。"

恶魔男人转身朝密林深处跑去，只听"咔嚓"一声，密林里漆黑一片——恶魔男人将电源切断了。好在警官们早就有准备，马上取出了手电。

黄金老虎

"哈哈哈……喂，你们快点，我在这里。哈哈哈……我劝你们脚下留点神，这里到处设有机关，密林里还有凶猛的守卫，你们可得小心点。哈哈哈……瞧，这里，我在这里。"

恶魔男人故意报告自己的位置，还不停地"啪，啪，啪"地拍手。渐渐地，掌声越来越远。

恶魔男人刚才说"密林里有凶猛的守卫"，既然是看护密林的，那么多半不是人，可能是什么猛兽。这片黑暗的地底密林里，除了大猩猩、蜥蜴和大雕，恐怕还藏着其他猛兽。

警官们拿着手电，朝拍手声音渐渐远去的方向追去。他们在密林间穿行了片刻，发现正前方的地上有一个黑乎乎的洞口。警官们用手电照亮洞穴，恶魔男人可能逃到洞里去了。

　　"这家伙肯定逃到洞里去了，快追。"中村警部大声命令，两名勇敢的警官率先跳了下去。

　　洞里犹如地下隧道，蜿蜒崎岖，一直向前延伸。转过两个弯后，恶魔男人出现在手电灯光的射程里。他脸朝追兵，叉开双腿，满脸笑容，还得意扬扬地打着手势。

　　恶魔男人刚才的那五个手下还在密林里，由四名警官和少年侦探们看管，此时他已经成了光杆司令，但他并没有心慌意乱，反而格外镇定。追兵一共有五个，中村警部、两名警官、小林团长和口袋小和尚。不管怎么看，他都是寡不敌众，但他竟如此出奇地镇定，其中必有古怪。警官们没有再往前追，而是保持距离观察动静。

　　突然，不知从哪里传来一声大吼："呜喔——"

　　这绝对不是人的声音，是动物的声音，是猛兽的吼声。

大家立即把手电齐齐向吼声传来的方向照去，只见右侧还有一个黑黑的洞口，是隧道里的一条岔道，猛兽的吼声就是从那里面传出来的。

"啊！"最前面的警官大声惊叫。他看到了什么？那洞里有什么可怕的猛兽？

一团金黄色从那洞里走了出来。

"哈哈哈……这就是看护密林的守卫，你们就当它的点心吧。"

"是老虎！"小林看清了那个大家伙的真面目。

大家纷纷向后撤退。

出现在大家眼前的果然是一只大老虎，而且浑身金光闪闪，是一只黄金老虎。

黄金老虎巨大的身躯很快完全暴露在大家的眼前。它张开血盆大嘴，露出一口匕首般的虎牙，大吼一声。

"那些家伙都是我的敌人，干掉他们。"恶魔男人大声命令老虎。

于是，老虎根据主人的命令，向警官们步步紧逼，贪婪的目光令人不寒而栗。

"呜喔——"老虎又大吼一声。

警官们和小林急忙转身，撒腿就逃。唯独口袋小和尚毫不示弱，他既不逃跑也不摆出迎战的架势，那张稚气未脱的脸上竟然堆起了笑容，毫不胆怯地坚守在原来的位置上。

"喂，口袋小和尚，危险，快跑！"小林大喊。

可是口袋小和尚把小林的提醒当成了耳边风，还是一动不动。

这到底怎么回事？难道口袋小和尚被吓傻了？

接下来的一幕让所有人目瞪口呆。

老虎竟然停住了脚步。在视死如归、勇敢无畏的口袋小和尚面前，它打起了退堂鼓，然后磨磨蹭蹭地转过身去，朝恶魔男人那里走去。

"喂，你来我这里干什么？快向后转，干掉对面那些家伙。"

恶魔男人惊愕不已，大声呵斥老虎。但老虎好像没有听见，继续慢悠悠地朝恶魔男人走去。五米，四米，三米，两米，一米……突然，老虎大吼一声，猛地扑向恶魔男人。

"啊！"恶魔男人被仰面扑倒在地。

老虎趴在他身上，张开大嘴就朝喉咙咬去。

"哈哈哈……"一阵笑声不知从哪里传来，与恶魔男人刚才的笑声迥然不同，十分爽朗。

大伙儿吃了一惊，赶忙四处张望。

只见老虎出现的岔道洞穴里走出一个人来。

"明智先生！"小林喜出望外，大声喊道。

小林没有看错，来的正是大侦探明智小五郎，也不知他是什么时候来到洞里的。

"哈哈哈……赤堀先生，别再吓唬他了。"明智说。

警官们和小林莫名其妙：赤堀先生是谁？他在哪里？

只见恶魔男人身上的老虎两腿直立起来，前爪在胸前一阵抓挠，突然，虎皮朝两边张开，一个人的脑袋露了出来，金灿灿的虎皮威风凛凛地搭在肩膀上。

最后的王牌

黄金老虎不是真老虎，而是披着虎皮的人。惊天动地的吼叫声是藏在虎皮里的哨子发出的。

虎皮里是一个满头白发的老人，好像在哪里见过。想起来了，是那个制作玩偶的高手，老人赤堀铁州。

以胜利者自居的赤堀老人恶狠狠地瞪了恶魔男人一眼，大声训斥："喂，你这家伙大概把我忘了吧？可我是不会忘记你的。你这个混账，居然用我赤堀铁州的名义，委托木宫搬运公司把模仿甲野留美制作的玩偶送到甲野先生家。我没说错吧？你现在虽然是恶魔男人，却改变不了你曾经化装成玩偶爷爷的事实。你这个浑蛋，居心叵测，竟然还想放火烧死我。告诉你，我是为了报仇雪恨才成为明智先生的弟子的。在口袋小和尚的带领下，我和明智先生已经在这里等候你多时了。你的诡计，早已被口袋小和尚打探得一清二楚，就连这黄金老虎的事情也不例外，那个准备化装成老虎的手下已经被明智先生和我抓住了。哈哈哈……这下我终于报仇了，真痛快。哈哈哈……你这家伙，还有什么要说的？"

赤堀老人说完，朝倒在地上的恶魔男人狠狠踢了一脚。

"可恶！"恶魔男人摇摇晃晃地爬起来，恶狠狠地瞪了口袋小和尚一眼。

明智愣愣地说："喂，你也不必演戏了，你所有的诡计都被我们识破了。"

恶魔男人看了明智一眼，说："什么？我所有的诡计……哈哈哈……这怎么可能？不管到什么地步，我都还有最后的王牌。"

"你所谓的王牌我也都知道了，不要再浪费大家的时间了。"明智的语气十分平静，"所有这些都是你一手策划的，不得不承认，在制作玩偶这件事上，你还真是很有天分。不过说到底，这些也不过是哄孩子的小把戏。就说这片密林吧，看上去黑压压一片，其实真正的树木就那么几棵，其余的不过是景观装置。地底下光线昏暗，很容易以假乱真，让人误以为是一望无际的密林。

"大雕和大蜥蜴背上都系着黑色的细绳，绳子的另一端则拴在天花板上。你的两个部下躲在天花板上的夹层里操纵它们，犹如配音演员操纵舞台玩偶那样。树干上的怪脸更是不值一提。声音嘛，都是事先录好的。哈哈哈……怎么样，我说得没错吧？

"你先是化装成玩偶爷爷，又假扮恶魔男人，看起来好像是为了钱财，但你我都清楚，你还有其他不可告人的目的。"

"这个你也清楚？"恶魔男人似乎颇为不满。

"当然。你是冲着我来的，因为我每次都让你的阴谋诡计功亏一篑，所以你一直视我为眼中钉，伺机报仇。现在，我就要说出你的真名了。"明智说到这里停顿片刻，脸带微笑。

突然，恶魔男人宛如在菩萨面前露馅的罪犯，双手捂住脸，企图逃窜。

"别想跑！你就是那个臭名昭著的二十面相！"明智大侦探义正词严，揭开了恶魔男人的伪装。

恶魔男人双手捂脸，浑身颤抖起来，但他很快放下双手，瞪着布满血丝的眼睛盯着明智："你这家伙，又破坏了我的计划。好吧，那就让你看看我最后的王牌。"

话音刚落，二十面相犹如离弦的箭，朝隧道深处飞奔而去。

"快追！"

明智等人紧追不舍，化装成恶魔男人的二十面相拼命逃窜。由于他非常熟悉隧道里的情况，明智和警官们怎么也追赶不上。

洞穴深处有一个房间，二十面相推门闯了进

去，房间里马上亮了起来。明智和警官们赶到时，他手里已经拿着点燃的火把："哈哈哈……这就是我最后的王牌。我要与你们同归于尽，还有地下通道、密林和地面上的建筑物，统统将化为灰烬。"

二十面相疯狂叫嚣，扭曲的脸在火光的映照下十分恐怖。在他身边放着一个大木桶，那里面一定是炸药。二十面相竟然企图点燃炸药，玉石俱焚。

"怎么样？知道厉害了吧。"

中村警部和两名警官并不理会，随时准备扑上去夺下火把，却一直没有找到机会。

"哈哈哈……"明智突然大笑起来，就连中村警部和两名警官也被他吓了一跳，满脸不可思议地望着明智。

"哈哈哈……快把火把扔进桶里啊，那样的话你就会听到'哧'的一声。二十面相，我刚才不是说了吗，你的把戏我都清楚。那桶里早就被我灌满了水，炸药已经没用了。不信的话，你就自己瞧瞧你所谓的最后的王牌吧。"

二十面相大吃一惊，借助火把的光亮检查火药桶。果然，桶里盛满了水。

二十面相惊呆了，耷拉着脑袋，瘫软在地上。

江户川乱步年谱

1894年　出生

本名平井太郎，10月21日出生于三重县名张市，为家中长子。父平井繁男，时任名贺郡官府书记员。母平井菊。

1897年　3岁

因父亲工作调动，举家搬迁至名古屋市。

1901年　7岁

4月，进入名古屋市白川寻常小学就读。

1903年　9岁

《大阪每日新闻》连载菊池幽芳的《秘密中的秘密》，母亲每晚都会念给他听，从此对侦探故事萌生了极大兴趣。

1905年　11岁

4月，进入市立第三高等小学。协助父亲采用胶版誊写版印刷和发行少年杂志。二年级时喜欢上了押川春浪的武侠冒险小说。

1907年　13岁

4月，升入爱知县立第五初级中学。读到黑岩泪香的《岩窟王》，印象特别深刻。

1908年　14岁

其父开设平井商店，主营进口机械的贸易销售，兼营外国保险代理和煤炭销售业务，并采购全套铅字，印刷和发行《中央少年》杂志。秋天，开始在学校附近租借宿舍，独立生活。

1910年　16岁

与要好同学坐船到中国的东北地区旅行。

1912年　18岁

3月，初中毕业。因喜欢出版事业，与同学到处奔走、筹备。6月，其父开设的平井商店破产倒闭。由于失去了学费来源，没有继续上高中。随父亲坐船到朝鲜马山，从事垦荒和测量工作。8月，只身赴东京勤工俭学，以优异成绩考入早稻田大学预备班，白天上学，晚上寄宿在东京都本乡汤岛天神町的云山印刷厂，逢休息日打工。12月，迁到春日町借宿，业余时间靠誊写挣钱。

1913年　19岁

春，与祖母在东京牛込喜久井町生活，重读黑岩泪香等著名作家写的侦探小说。曾计划印刷和发行《少年新闻报》。8月，预备班毕业，考入早稻田大学经济学专业学习。

1914年　20岁

春，与同学创办《白虹》杂志，利用业余时间阅读爱伦·坡、柯南·道尔等英国作家的短篇侦探小说。为了阅读侦探小说，辗转于各大图书馆，所做的笔记装订成册，称为《奇谈》。

1915年　21岁

其父回国供职于某保险公司，在牛込与全家一起生活。继续阅读外国侦探小说，并悉心研究"暗号通讯文书"的由来、规则和特点。

1916年　22岁

8月，毕业于早稻田大学经济学专业，入职大阪府贸易商加藤洋行。

1917年　23岁

5月，从加藤洋行辞职，在伊东温泉开始阅读谷崎润一郎的作品《金色之死》，执笔撰写电影评论文章。11月，入职三重县鸟羽造船厂电机部，参与内部杂志《日和》的编辑。

1918年　24岁

4月，其父再赴朝鲜工作。与鸟羽造船厂的同事组织"鸟羽故事会"，在各剧场、小学巡回。冬，在坂手村小学结识村上隆子。

1919年　25岁

辞职到东京。2月，与两个弟弟在东京本乡驹达町经营一家旧书店"三人书房"。7月，在书店二层编辑《东京PACK》杂志。11月，开设中华面馆。同年，与村上隆子成婚。

1920年　26岁

2月，入职东京市政府社会局。10月，关闭旧书店，入职大阪时事新报社，担任记者，经常与井上胜喜谈论侦探小说，开始撰写《二钱铜币》。

1921年　27岁

3月，长子平井隆太郎诞生。4月，在东京担任日本工人俱乐部书记。

1922年　28岁

8月，辞职后回到大阪府外守口町的父亲家，与父亲一起生活。9月，《二钱铜币》《一张收据》完稿，正式向某杂志社投稿，但未被采用。不久，改投《新青年》杂志，经审定采用。12月，入职大桥律师事务所。

1923年　29岁

4月，《二钱铜币》在《新青年》刊载，小酒井不木博士长文推荐。7月，《一张收据》在《新青年》刊载，辞去大桥律师事务所工作，入职大阪每日新闻社广告部。

1924年　30岁

4月，关东大地震，全家迁回大阪。7月，在《新青年》发表《二废人》。10月，在《新青年》发表《双生儿》。11月底，离开大阪每日新闻社，成为职业作家。

1925年　31岁

1月，在《新青年》增刊发表《D坂杀人事件》，名侦探明智小五郎首次登场。到名古屋拜访小酒井不木。之后，到东京拜访森下雨村，结识《新青年》派作家。2月，在《新青年》发表《心理测验》。3月，在《新青年》发表《黑手组》。4月，在《新青年》发表《红色房间》，与春日野绿、西田政治、横沟正史等作家发起创建"侦探兴趣协会"。5月，在《新青年》发表《幽灵》。7月，在《新青年》发表《白日梦》《戒指》。8月，在《新青年》增刊发表《天花板上的散步者》。9

月，在《新青年》发表《一人两角》，在《苦乐》发表《人间椅子》；其父逝世。10月，成立"新兴大众文艺作家协会"。

1926年 32岁

发表侦探小说《噩梦塔》（直译名《幽鬼之塔》）等多篇作品。12月，在《朝日新闻》上连载《畸心人》（直译名《侏儒法师》）。

1927年 33岁

3月，停笔，与妻平井隆子开设"宿舍租借有限公司"。不久，独自外出旅行，到日本海沿岸、千叶县沿岸等地；10月，到京都、名古屋等地；11月，与小酒井不木、国枝史郎、长谷川伸和土师清二等人创建大众文艺民间合作组织"耽绮社"。

1928年 34岁

3月，出售早稻田大学附近的宿舍。4月，买下东京户塚町源兵卫一七九号的房屋。同年，发表《丑角师》（直译名《地狱丑角师》）。

1929年 35岁

1月，在《新青年》发表《噩梦》。6月，发表处女随笔《恶魔王》（直译名《恐怖的魔王》）。8月，在《讲谈俱乐部》连载《蜘蛛男》。

1930年 36岁

5月，改造社出版《孤岛之鬼》。7月，在《讲谈俱乐部》连载《魔术师》。9月，在《国王》连载《黄金假面》。10月，讲谈社出版《蜘蛛男》。

1931年 37岁

5月，平凡社出版《江户川乱步选集》13卷。同年，出版《迷重重》(直译名《钟塔的秘密》)、《暗黑星》和《邪与恶》(直译名《影男》)。

1932年 38岁

3月，停笔，带全家外出旅游，先后到过京都、奈良、近江等地。

1933年 39岁

1月，加入大槻宪二创建的"精神分析研究会"，每月出席例会，并为该会《精神分析杂志》撰稿。4月，长子平井隆太郎升入大阪府立第五初中学校。同年，好友山本直一辞去博物馆工作，担任江户川乱步的助手。12月，在《国王》连载《红蝎子》(直译名《红妖虫》)。

1934年 40岁

发表《恐吓信》(直译名《魔术师》)、《黑天使》和《不归路》(直译名《死亡十字路》)。

1935年 41岁

1月，平凡社陆续出版《江户川乱步杰作选》12卷。6月，春秋社出版《人间豹》。9月，编写《日本侦探小说杰作集》，由春秋社出版，并发表长篇评论文章。

1936年 42岁

1月，在《讲谈俱乐部》连载《绿衣人》；在《少年俱乐部》连载《怪盗二十面相》。5月，春秋社出版评论集《鬼的话》。12月，讲谈社出版《怪盗二十面相》。

1937年 43岁

1月，在《讲谈俱乐部》连载《噩梦塔》（直译名《幽鬼之塔》），在《少年俱乐部》连载《少年侦探团》。战争爆发后，政府当局对于出版物的审查越来越严格，江户川乱步的所有小说被禁止出版发行，不得不停止撰写侦探小说。为了生活，江户川乱步借用别名为少年儿童撰写探险小说。后来，当局只允许江户川乱步撰写防谍反特小说，在杂志和报纸决定连载前，必须经过外交部、内务部、警视厅和宪兵机构的联合审查，达成一致意见后方可使用江户川乱步的名字刊登。由于公开抗议，被勒令停止写作，结果只写了一部小说。

1938年　44岁

1月，在《少年俱乐部》连载《妖怪博士》。3月，讲坛社出版《少年侦探团》。4月，新潮社出版《噩梦塔》。9月，新潮社出版《江户川乱步选集》10卷。

1939年　45岁

1月，在《讲谈俱乐部》连载《暗黑星》，在《少年俱乐部》连载《蒙面人》。2月，讲谈社出版《妖怪博士》。

1940年　46岁

2月，讲谈社出版《蒙面人》。7月，因心脏不适住院治疗。10月，与同人创立"大政翼赞会"。

1941年　47岁

7月，非凡阁出版《噩梦塔》。12月，任东京池袋丸山町防空会长。

1942年　48岁

任东京池袋北町会副会长，以"小松龙之介"的笔名连载《聪明的太郎》。

1943年　49岁

与著名作家井上良夫书信往来，交流对欧美侦探小说的看法。8月，开始连载科幻小说《伟大的梦》。11月，东京大学文学部在读的长子平井隆太郎被征召入伍，为其举行送别会。

1944年　50岁

出任行政监察随员助手，后在町会领导下开设军需品加工厂生产皮革制品。

1945年　51岁

4月，家属被疏散到福岛，自己则只身留在东京池袋，继续担任町会副会长。6月，因病被疏散到福岛。8月，在病床上听到裕仁天皇宣布无条件投降，平井隆太郎从土浦飞行队退役。11月，举家迁回池袋。

1946年　52岁

6月，倡议成立"侦探小说星期六研讨会"，每月开一次例会。

1947年　53岁

6月，"侦探小说星期六研讨会"更名"侦探作家俱乐部"，被选举为第一届主席。11月，到关西等地演讲，普及和推广侦探小说。没有新作问世，但旧作再版达31部。

1949年　55岁

1月，在《少年》连载《青铜怪人》。6月，再度当选侦探作家俱乐部会长。11月，光文社出版《青铜怪人》。

1950年　56岁

1月，在《少年》连载《虎牙》。3月，在《报知新闻》连载《断崖》，为战后首部短篇侦探小说。12月，光文社出版《虎牙》。

1951年　57岁

1月，在《趣味俱乐部》连载《恐怖的三角馆》，在《少年》连载《透明怪人》。5月，岩谷书店出版评论集《幻影城》。12月，光文社出版《透明怪人》。

1952年　58岁

1月，在《少年》连载《怪盗四十面相》。3月，评论集《幻影城》荣获侦探作家俱乐部授予的"第五届优秀侦探小说勋章"。7月，辞去侦探作家俱乐部会长一职，任名誉会长。12月，光文社出版《怪盗四十面相》。

1953年　59岁

1月，在《少年》连载《宇宙怪人》。12月，光文社出版《宇宙怪人》。

1954年　60岁

1月，在《少年》连载《塔上魔术师》。10月，日本侦探作家俱乐部、东京作家俱乐部和捕物作家俱乐部联合主办"江户川乱步六十大寿庆典"，会上正式设立"江户川乱步奖"。《别册宝石》第四十二期杂志作为

"江户川乱步六十周岁纪念特刊"，《侦探俱乐部》十二月号杂志也作为"乱步花甲纪念特刊"。著名作家中岛河太郎编纂和发行《江户川乱步花甲纪念文集》。11月，映阳堂出版《江户川乱步选集》10卷。12月，光文社出版《塔上魔术师》。

1955年　61岁

1月，在《趣味俱乐部》连载《影男》，在《少年》连载《海底魔术师》，在《少年俱乐部》连载《灰色巨人》。5月，举行首届"江户川乱步奖"颁奖仪式。11月，在三重县名张市举行"江户川乱步诞生地"树碑庆贺仪式。12月，光文社出版《海底魔术师》《灰色巨人》。

1956年　62岁

1月，在《少年》上连载《魔法博士》，在《少年俱乐部》上连载《黄金豹》。1月24日，"日本翻译家研究会"成立，出任研究会顾问。2月，出任"日本文艺家协会语言表述问题专业委员会"委员。4月，发表《英文翻译侦探小说短篇集》。8月，接任《宝石》杂志主编。11月，光文社出版《马戏团里的怪人》《魔法人偶》。

1957年　63岁

1月，在《少年》连载《夜光人》，在《少年俱乐部》连载《奇面城的秘密》，在《少女俱乐部》连载《塔上魔术师》。12月，光文社出版《夜光人》《奇面城的秘密》《塔上魔术师》。

1959年　65岁

1月，在《少年》连载《假面具背后的恐怖王》。11月，桃源社出版《欺诈师与空气男》，光文社出版《假面具背后的恐怖王》。

1960年　66岁

1月，在《少年》连载《带电人M》。4月，出任东都书房《日本侦探推理小说大集成》编辑委员。

1961年　67岁

4月，成为文艺家协会名誉会员。7月，出席"江户川乱步从事侦探小说创作四十周年庆典"，桃源社出版《侦探小说四十年》。10月，桃源社出版《江户川乱步全集》18卷。11月3日，荣获日本政府颁发的"紫绶褒勋章"。

1963年　69岁

1月，"日本侦探作家俱乐部"升格为社团法人"日本推理作家协会"，被一致推选为第一届理事长。8月，再次当选，坚辞不受，亲自提名松本清张接任第二届理事长。

1965年 71岁

7月28日，突发脑出血逝世，戒名智胜院幻城乱步居士。获赠正五位勋三等瑞宝章。8月1日，在青山葬仪所举行日本推理作家协会葬，墓所位于多摩灵园。

译后记

我1981年8月考入宝钢翻译科从事翻译工作，1982年初开始从事日本文学翻译，1983年2月首次发表日本文学译作。四十余年来，我一直致力于中日民间文化交流，尤其是翻译了日本推理文学鼻祖江户川乱步的作品全集，由衷地感到欣慰和满足。

《江户川乱步全集》共46册，数百万言，历经数个寒暑才翻译完成。回首往事，第一天坐在桌案前写下第一行译文的情景仍历历在目。为了解江户川乱步的创作思想、创作背景和准确把握作品的神韵，除反复阅读其所有小说作品外，我还遍览《侦探推理文学四十年》《乱步公开的隐私》《幻影城主》《奇特的立意》和《海外侦探推理文学作家和作品》等乱步的随笔和评论集。并专程去了坐落在东京丰岛区池袋的江户川乱步故居考察，到日本国家图书馆查阅了有关江户川乱步的许多资料。

为了让更多的人了解江户川乱步，我在《新民晚报》先后发表了《江户川乱步，日本侦探推理文学的先驱》《日本的福尔摩斯》《江户川乱步的起步》《徜徉少年大侦探系列》《徜徉青年大侦探系列》，接受了腾讯视频、东方电视台、《上海翻译家报》、沪江网、日语界以及日本青森电视台、《东粤日报》、《朝日新闻》、《产经新闻》、《中日新闻》的相关采访。

鲁迅说："伟大的成绩和辛勤劳动是成正比的，有一分劳动就有一分收获。日积月累，从少到多，奇迹就可以创造出来。"我历经数年辛劳翻译的这版《江户川乱步全集》，2004年4月被乱步故里日本名张市政府收藏，2020年10月又被日本驻上海总领事馆收藏，并荣获国际亚太地区出版联合会

APPA翻译金奖，其中的"少年侦探团系列"荣获国家新闻出版总署优秀少儿图书三等奖。

江户川乱步可以说是日本推理文学的代名词，江户川乱步奖是推动日本推理文学作家辈出的巨大动力，《江户川乱步全集》是世界侦探推理文学的瑰宝。希望通过这套《江户川乱步全集》，可以让更多的读者共同享受推理文学的乐趣。

2021年元旦于上海虹桥东华美寓所

图书在版编目（CIP）数据

魔法玩偶 /（日）江户川乱步著；叶荣鼎译. --济南：山东画报出版社，2021.4

（江户川乱步全集·少年侦探团系列）

ISBN 978-7-5474-3874-9

Ⅰ.①魔… Ⅱ.①江… ②叶… Ⅲ.①儿童小说 - 侦探小说 - 日本 - 现代 Ⅳ.①I313.84

中国版本图书馆CIP数据核字（2021）第055695号

MOFA WANOU

魔法玩偶

〔日〕江户川乱步 著　叶荣鼎 译

责任编辑　怀志霄
装帧设计　Pallaksch

出 版 人　李文波
主管单位　山东出版传媒股份有限公司
出版发行　山东画报出版社
　　　　　　社　　址　济南市市中区英雄山路189号B座　邮编 250002
　　　　　　电　　话　总编室（0531）82098472
　　　　　　　　　　　市场部（0531）82098479　82098476（传真）
　　　　　　网　　址　http://www.hbcbs.com.cn
　　　　　　电子信箱　hbcb@sdpress.com.cn
印　　刷　山东新华印务有限公司
规　　格　787毫米×1092毫米　1/32
　　　　　　5.25印张　74千字
版　　次　2021年4月第1版
印　　次　2021年4月第1次印刷
书　　号　ISBN 978-7-5474-3874-9
定　　价　28.00元

如有印装质量问题，请与出版社总编室联系更换。